스물 셋, 지금부터 혼자 삽니다

스물 셋,

지금부터
혼자 삽니다

글 · 사진 숏뚜

21세기북스

당신을
나의 집에
초대합니다

'나의 집'을 주제로 글을 쓰게 되었다. 그것도 책 한 권 분량이나. 그럼에도 무슨 이야기를 얼마나 해야 하는지는 걱정하지 않았다. 집에 대한 애정과 관심이라면 누구에게도 지지 않을 자신이 있었고, 하고 싶은 이야기는 너무 많아서 탈이었으니까. 다만 이 집에서 보낸 수많은 나날과, 이 집이 나에게 주는 의미를 어떻게 한 문장으로 표현해야 할 것인지가 문제였다.

책의 제목을 정하면서 나는 친구들에게 물었다. '이 집을 뭐라고 정의할 수 있을까?'라고. 그리고 우리는 결국 모두 같은 대답을 했다. 한 단어나 한 문장으로 표현하기에 여긴 너무나 큰 의미를 지녔다고. 스물 셋이던 대학생은 스물 일곱 프리랜서가 되었다. 늘 돈이 모자라 좋아하는 카페라테 대신 쓰디쓴 아메리카노를 마시던 나는, 이제 카페라테를 마실 만큼의 여유가 있음에도 아메리카노를 즐겨 마신다. 혼자 사는 게 처음이라 모든 게 서툴렀던 자취 초보는 전구도 혼자 갈고 필요하면 드릴로 벽에 구멍까지 뚫을 수 있는 자취 베테랑이 되었다. 어찌됐든 나는 이 집에 살면서 진짜 어른에 성큼 가까워졌다.

혼자 살기 전 까지, 나는 집이라는 공간이 가지고 있는 힘을 몰랐다. 현관문 하나만 닫으면 복잡하고 시끄러운 세상과 떨어져, 오로지 나만을 위한 공간으로 변하는 집. 여기에서는 내가 대장이다. 자고 싶을 때 자고, 일어나고 싶을 때 일어나는 건 기본. 내가 좋아하는 색으로 집을 가득 채우고, 나만의 기준으로 가구를 배치한다. 조금 우습게 보이거나 일반적이지 않아도 괜찮다. 여긴 '내 집'이니까. 바깥에서 받는 스트레스와 사람들 사이에 섞여 들어갈 때 쓰는 약간의 가면은 현관을 들어서며 신발과 함께 벗어둔다. 나만이 볼 수 있는 진정한 나의 모습을 모두 보여도 괜찮다. 여긴 나만을 위해 존재하는 '나의 집'이니까.

혼자만의 공간에서 4년. 나는 때로 혼잣말을 했고, 때로는 아무 말도 하지 않았다. 내가 말을 하지 않으면 집은 하루 종일 적막이었다. 어느 날은 하루가 아침부터 밤까지 쉴 새 없이 바쁘게 돌아갔고, 어느 날은 해가 뜨고 지는 내내 커튼을 쳐놓고 잠만 자기도 했다. 때로는 우울했고, 때로는 행복에 겨웠다. 지겹도록 들리는 매미 울음소리 아래, 더위에 지쳐 선풍기와 에어컨을 틀어놓고 침대에 늘어져있던 날들이 있었고, 샤워를 하고 나오면 온 몸의 피부로 느껴지는 서늘함에 서둘러 두꺼운 샤워가운을 걸치던 나날도 있었다.

이 책에는 어쩌다 반려견 베베와 단 둘이 살게 된 그 4년의 일상들이 담겨있다. 아주, 아주 오랜 시간 동안 나는 행복한 사람이 되고 싶어 무던히 애를 써왔다. 그리고 과거도 미래도 아닌 현재에만 집중하며 살아가는 요즘, 나는 행복하다.

이 책이 만들어 질 수 있도록,
그리고 내가 이만큼 성장할 수 있도록 해준
나의 소중한 '4층 동쪽 집'에 감사하며,
당신을 나의 집에 초대합니다.

CONTENTS

PART 2

내 공간에서

만끽하는, 사계절

PART 3

낮
섬 적
에 응
하
는

시
간

PART 4

다시 만난 세계

익숙하지만 새로운,

PART
1

스물셋, 집이 생겼다

4층
동쪽 집

스물 셋. 집이 생겼다.
다달이 월세를 내고 있으니
내 집은 아니고, 내가 사는 집.

독립은 어느 날 갑자기 마른하늘에 날벼락처럼 내게 내리쳤다. 몇 년간 키우던 고양이를 한마디 말도 없이 다른 집으로 보내버린 가족들과 크게 싸웠다. 고성이 오갔고 몸싸움까지 했다. 아니 싸움이라기엔 내가 일방적으로 당했다. 급기야 경찰이 집으로 출동했다.

그날 바로 베베를 데리고 집을 나왔다. 오래전부터 삐걱거리던 사이가 그 일을 계기로 완전히 틀어져버린 것이다.

나는 원래 혼자 살기를 원했거나, 자취에 로망이 있던 사람이 아니었다. 그런데 어쩌다 보니 예상보다 어린 나이에 독립을 하게 된 것이다. 사람 일은 한 치 앞도 모른다더니. 심리적으로도, 경제적으로도 아무런 준비가 되어 있지 않은 상황이었다. 당장 내일이 막막했던 그때 날 도와준 건 구세주와 같은 친구였다. 2주쯤 친구 집에 머물며 내가 살 집을 알아보았다. 보증금은 다음 학기 등록금을 위해 들어두었던 적금을 깨서 해결했다.

예기치 않게 독립하기 전 나는 가족들과 함께 방 세 개짜리 아파트에 살았다. 그중 내 공간은 현관 앞에 있는 가장 작은 방이었다. 붙박이장과 책상을 제외하면, 세 평짜리 방에서 나올 짐은 거의 없었다. 6만 원을 주고 용달 트럭 하나를 불러 짐을 실었다. 짐이 무척 간소해서 트럭 짐칸이 썰렁할 정도였다. 그렇게 이사라고 부르기에도 민망한 이사를 마쳤다.

친구들은 기꺼이 나의 새집을 찾아 청소와 짐 정리를 도왔다. 오후가 되니 열린 현관문으로 커다란 택배 박스가 연달아 도착했다. 이삿날에 맞추어 주문한 책상과 침대 등 당장 필요한 가구들이었다. 오후가 되자 집 안은 택배 박스와 미처 풀지 못한 짐으로 발 디딜 틈이 없었다. 새삼 한국의 빠른 배송 서비스에 감탄했다.

늦도록 와자지껄 떠들며 다 같이 짜장면을 시켜 먹고서 친구들이 모두 집으로 돌아간 밤. 그제야 한숨 돌리며 앞으로 내가 살게 될 집을 훑었다. 내 물건으로 가득 찼지만 아직 내 냄새가 하나도 나지 않는 집. 현관에 서면 내부가 한눈에 다 들어오는 직사각형 구조의 작은 오피스텔은 한여름이었음에도 웬지 서늘한 느낌이었다.

'여기가 내가 앞으로 살 집이라니. 실감이 나질 않아.'

이유 모를 서러움과 두려움이 밀려왔다. 침대에서 베베를 끌어안고 한참이나 울었다.

아침저녁으로 찬바람이 부는 초여름에도 꾸역꾸역 창문을 열고 자던 나였다. 다음 날 아침 목이 칼칼하고 코가 막혀도 끝내 창을 닫지 않던 나. 밤은 내가 여름을 좋아하는 유일한 이유였다. 폭신하고 도톰한 솜이불 아래에서 꼼지락거리는 몸과, 서늘한 밤공기가 스치는 얼굴. 좀처럼 좁혀지지 않는 그 간극이 그냥 좋았다. 바람, 달빛, 흩날리는 커튼, 천장에 비치는 공기의 색깔. 여름밤에는 볼 것도 느낄 것도 많아서 비오는 날을 빼고는 늘

베란다 문을 활짝 열고 잤다.

긴 겨울 내내 여름밤의 즐거움을 그리워했다. 어느새 계절은 한여름이 되었고, 그 시기에 나는 이사를 했다. 그러나 베란다가 없는 새집에서는 창문을 열고 잘 수 없었다. 지겹게 내리는 장맛비 때문만은 아니었다.

계약 전 꼼꼼하게 따져보았다 해도 이 집에 머무는 건 난생처음이었다. 이곳에서 직접 하룻밤을 보내기 전에는 절대 알 수 없는 것들이 문제였다. 길가의 소음이 꽤 고층인 내 방까지 올라온다는 것. 대로변이 아니더라도 매연이나 먼지가 내부로 많이 유입된다는 것. 얇은 유리창은 차가운 공기와 뜨거운 공기 모두 실내로 잘 전달한다는 것….

나는 창문을 열고 잘 수 없었다. 빠앙 하던 도로의 클랙슨 소리가 창문을 닫음과 동시에 잠잠해졌다. 이제 시원한 밤바람이 내 속눈썹 사이를 훑고 지나가던 기쁨은 누릴 수 없겠구나 하는 생각에 슬펐다.

하지만 포기한 것만큼 얻을 것 또한 많다고 여기기로 했다. 이제 나는 아무도 나에게 무어라 할 수 없는 온전한 나만의 공간을 얻었다. 덕분에 나만의 생활 습관을 만들 수 있으니 얼마나 근사한가. 익숙한 걸 고집하는 내가, 일주일도 안 되어 새집에 정을 붙였다. 4층 동쪽 집이라는 애칭도 붙였다.

이사를 오던 날 친구가 나에게 했던 말이 자꾸만 머릿속에 맴돌았다.

'너에게 이 집은 피난처구나.'

나는 피난처가 되어준 이 집에서 온전한 홀로서기를 시작했다.

생애 첫
셀프
인테리어

'셀프 인테리어'는
나에게 가깝고도 먼 단어였다.
인테리어에 관심이 많아
이런저런 자료를 많이 보고
스크랩도 열심히 했지만, 지금까지
나에겐 세 평짜리 방 하나가
전부였으니까.

넓고 깨끗한 거실이 생긴다면, 내
취향이 담긴 그릇으로 부엌의 찬장을 가득 채울 수 있다
면 왠지 나도 유명 블로거처럼 집을 멋지게 꾸밀 수 있
을 것 같았다. 무슨 진흥회라던가 경축 같은 단어들이
궁서체로 크게 적혀 있는, 언제 집에 들었는지 모를 화
장실의 수건들. 샛노란 행주. 빨간 고무장갑. 꽃무늬 가
득한 플라스틱 쟁반과 밋밋한 수저. 그간 눈에 거슬리는

게 한두 가지가 아니었지만 내 살림이 아니라 손대지 못
했던 것을 드디어 마음대로 할 수 있게 되었다. 나는 매
일같이 인테리어 블로그나 생활용품 온라인 사이트를
들락거렸다.

　그동안 본 게 많아서일까? 내 눈은 높아질 대로 높아
져 있었다. 우아한 집 인테리어 사진에 매번 빠지지 않
던 협탁은 40만 원대였고, 다들 유행처럼 달아두길래 흔
한 제품이라 생각했던 천장 조명은 300만 원이 넘었다.
브랜드를 떠나 그냥 러그 한 장, 커튼 한 폭이 왜 그리도
비싼지. 침구 세트는 어째서 무조건 10만 원이 넘는지.
내가 사지 않을 땐 몰랐는데, 직접 돈을 내고 사려니 가
구는커녕 침구 하나도 못 살 지경이었다.

　직장을 다니고 경제적으로 여유로웠다면 원하는 것을
몽땅 구입했을 수도 있다. 그러나 나는 2개월짜리 무급
인턴 신세인 데다가 인턴이 끝나면 다시 학교를 2년이
나 다녀야 했다. 현실이 내 이상을 따라올 수 없으니 자
꾸만 스스로를 타일러 합리화하는 수밖에.

　'인테리어도 장기전이야. 돈이 모일 때마다 하나씩 사자.'

　인턴 생활이 끝나고 새 학기가 되자마자 나는 다시 과

외 아르바이트를 시작했다. 옷이나 화장품은 일절 사지 않았다. 통장에 돈이 쌓였다 싶으면 바로 필요했던 가전이나 생활용품을 구입했다. 4만 원짜리 전자레인지, 6만 원짜리 청소기 같은 것들을 말이다. 여전히 비싸고 거창한 건 살 수 없었다. 나는 가난한 자취생이니까.

한정적인 예산 안에서 집을 집답게 꾸미도록 도와준 건 이케아와 다이소였다. 웬만한 가구는 전부 이케아에서 구입했다. 저렴하고, 가볍고, 디자인도 마음에 들었다. 집 앞 다이소에서는 예쁜 그릇을 싸게 살 수 있었다. 물컵과 밥공기부터 접시, 수저, 도마까지 갖췄다.

그렇게 사들인 물건을 가지고 내가 제일 먼저 공을 들인 건 부엌. 상부장 아래 주렁주렁 달려 있던 식기 건조대를 떼고, S자 고리 세 개를 걸었다. 워낙 협소한 공간이라 건조대가 설치되어 있는 게 훨씬 편하겠지만 나에겐 집을 예쁘게 꾸미는 게 가장 중요했다. 흰색으로 맞춘 그릇은 찬장에 차곡차곡 포개 넣었다. 화룡점정인 파란색 컵 세 개는 S자 고리에 나란히. 자취를 하고 있는 친구 집에 놀러 갈 때마다 그렇게 걸려 있는 컵이 참 예뻐 보였는데, 나도 드디어 그걸 구현할 수 있게 된 것이다.

집의 기본 인테리어가 괜찮은 편이라 다행이었다. 체리색 몰딩이라거나, 옥색 싱크대였다면 시작과 끝이 막막했을 텐데 전반적으로 깔끔한 아이보리 톤에 부엌과 화장실 타일은 회색이었다. 그래서 내 첫 집의 콘셉트는 '그레이와 블루'가 되었다. 회색 타일 위에 걸린 파란색 컵을 보고 정한 것이다. 내친김에 짙은 회색 시트지도 구입해 싱크대 하부장에 붙였다. 훨씬 차분하고 근사해 보였다.

화장실 수건도 한 가지 색으로만 구비했다. 같은 색 수건이 나란히 놓인 걸 보면 마음이 편안해졌다. 샤워 부스에는 하얀 샤워 커튼을 달았고, 수납함 안은 내가 좋아하는 브랜드의 보디 용품으로 가득 채웠다. 화장실 슬리퍼도, 그 앞에 깔려 있는 러그도 모두 내가 직접 고르고 구입한 거라 뿌듯했다.

물론 시행착오도 숱하게 겪었다. 물건을 한꺼번에 구입하지 않고 하나씩 시간 차를 두고 주문한 것이 화근이었다. 구입한 시기에 따라 마음에 드는 스타일이 달랐던 것이다. 언젠가 한번은 화이트 인테리어에 꽂혀 무조건 흰색 생활용품을 샀다가, 어느 날은 갑자기 나무 재질이

따스해 보여 원목 가구를 주문했다. 인테리어 콘셉트를 그레이와 블루로 정하고 난 다음에는 무채색 생활용품을 사들였다.

그렇게 저마다 다른 물건들이 내 집이라는 좁은 공간에 모이자 문제가 드러났다. 다양한 색이 충돌하는 건 둘째 지고, 같은 나무 소재끼리도 미묘하게 느낌이 달랐으니 말 다했다. 전자레인지를 놓으려고 구입한 작은 선반은 짙고 붉은 나무. 침대 앞에 둘 좌식 테이블은 밝고 노란 나무. 그걸 마주하고 있는 침대와 서랍은 하얀색, 그 위에 이불은 파란색.

저마다 다른 색감을 가진 물건으로 가득한 집 안 풍경을 눈 떴을 때부터 감을 때까지 보고 있자니 견딜 수가 없었다. 내가 꿈꾸던 자취방 인테리어는 이런 게 아니었는데. 어쩔 수 없이 그중 가장 많은 비중을 차지하고 있는 색으로 모두 통일하기로 했다.

일단 방의 정 가운데 있는 좌식 테이블은 부엌과 동일한 색깔의 시트지를 붙였다. 짙은 회색 좌식 테이블이라니. 흔치 않은 색상인 데다가 무광 시트지가 두툼하고 독특한 질감이라 훨씬 보기 좋았다. 그러고도 시트지가 꽤 남아서 현관문에도 붙였다. 현관 타일 위에는 그것보다 진한 회색 매트를 깔았다.

전자레인지를 올려두던 선반은 과감히 폐기물 스티커를 붙여버렸다. 디자인을 떠나 전자레인지를 열고 닫을 때마다 철제 다리가 계속 삐걱 소리를 냈기에 내린 결정이었다. 싼 게 비지떡이라더니 딱 맞는 말이었다. 마지막으로 카메라를 올려두던 장식장까지 흰 페인트로 몽땅 칠하고 나니 집 안 분위기가 한결 나아졌다. 회색과 흰색. 포인트는 파랑.

이 모든 것은 애정과 열정이 똑같이 넘쳐나는 상태였기에 가능한 일이었다. 물론 '첫' 집이라는 의미도 있었다. 식탁 위에 달려 있는 갓 모양 전등도 내가 직접 달았다. 서로 맞는 전선끼리 꼬아서 연결하는 것쯤이야 간단할 줄 알았는데, 직접 해 보니 보통 일이 아니었다. 몇십 분 내내 팔과 고개를 번쩍 들고 천장만 보고 있는 일도 고역이었다. 힘겹게 기존에 있던 전등을 떼니 천장에 구멍이 뻥 뚫렸다. 왠지 쥐라도 나올 것 같아 서둘러 다음 작업에 착수했다.

전선을 분리하고, 새로운 전등의 브라켓을 천장에 고

정하고, 다시 전선끼리 꼬아 절연 테이프로 칭칭 감고. 다 됐나 싶을 때 기껏 고정한 브라켓이 툭 떨어졌다. 천장이 텅 비어 있는 곳이 있고 나무 지지대나 석고 보드로 막혀 있는 곳도 있는데, 그중 지지대가 되어줄 곳을 잘 찾아 고정해야 튼튼하게 박히는 것을 몰랐던 것. 처음엔 애먼 식고 보드를 건드려 먼지만 풀풀 날렸다.

　팔에 감각이 사라질 즈음 작업이 끝났다. 직접 단 펜던트 등이 내 눈앞에 있다. 엄청난 능력자가 된 것 같아서 괜히 어깨가 으쓱했다. 이 정도면 혼자 살기의 달인이 아닐까. 훗날 월세가 아닌 정말 내 소유의 집을 가지게 된다면 그때는 더한 애정과 열정으로 집을 뜯어고치지 않으려나.

세 평짜리 방 하나가 전부였던 내게

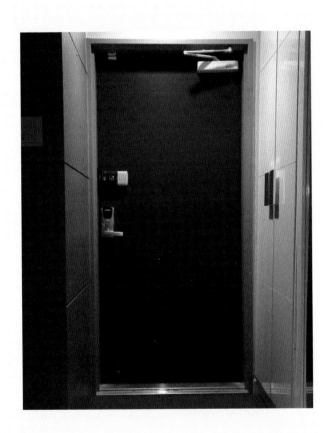

집이 생겼다.

잠이
쏟아지는
곳

나는 집에 놀러 온 친구들에게
종종 이렇게 말한다.
"내 집은 술과 잠을 위한 곳이야."

의도한 건 아닌데 어쩌다 보니 이
렇게 되었다. 집에 놀러 오는 친구들은 항상 "네 집에 오
면 너무 졸려"라고 말했다. 다들 방바닥에 엉덩이를 붙
이고 몇 시간을 앉아 있다가 그것도 모자라 결국은 러
그에 드러누워 이불까지 덮었다. 내 집이 특별히 쾌적한
환경을 자랑하는 것도 아닌데 참 신기한 일이었다. 아
니, 오히려 여름엔 푹푹 찌고 겨울엔 냉골이 되는 집인

데 어째서 다들 아늑하다는 걸까. 아마도 집이 주인을 따라가나 보다. 잠이 많고, 야행성에, 술 마시는 걸 즐기는 주인을.

예전에 인상 깊게 봤던 인터뷰가 있다. 사십 대였나 오십 대였나. 인테리어와는 어떤 연도 없을 듯한 평범한 아저씨가 주인공이었다. 그는 새로 이사한 집에 천장 등을 하나도 설치하지 않았다고 했다. 출장과 여행을 다니며 머물던 호텔에서 은은한 간접 조명을 켜둔 기억이 몹시 좋아 집도 그렇게 만들고 싶었다고. 새로 이사하는 집에 인테리어로만 천 단위의 돈을 쓰며 과감하게 모든 천장 등을 빼버렸다니, 대단하게 느껴졌다. 처음엔 평범하게 보이던 그가 멋져 보이기까지 했다.

굳이 그를 따라 하겠다는 생각은 없었지만, 그 뒤로 집에 머물 때 형광등을 켜두는 시간이 현저히 줄어든 건 사실이다. 아침엔 눈이 부셔 깰 정도로 볕이 강했고, 낮엔 노랗고 길게 들어오던 햇살이 저녁엔 은은하게 비치는 집이었다. 집에 있는 동안 시간의 흐름에 따라 달라지는 햇빛이 마냥 좋았다. 덕분에 몇 시에 집이 제일 밝아지는지, 몇 시에 사진 찍기 좋은지, 해가 언제 뜨고 언제 기우는지 알게 되었다.

　밤이 깊어 방이 어두워지면 스탠드를 켠다. 딸깍. 집 안의 모든 조명은 옅은 노란빛이다. 등 뒤에 베개를 하나 받치고 폭신한 러그 위에 앉아 침대로 기댄다. 블루투스 스피커를 연결하고 느리지만 지루하지 않은 노래를 선곡한다. 노란빛이 따뜻하게 주변을 감싸고 있으니 잠이 오지 않는 게 오히려 이상한 지경이겠지.

　신기하게도, 이렇게 혼자서 집 콘셉트를 정했더니 그에 맞춰 집이 차츰 변해갔다. 관심도 없던 네온사인에 꽂혀서 혼자 EL 와이어를 끙끙대며 구부려 DIY 네온사인을 만든 게 그 시작이었다. 평소 손재주가 있다고 자신하던 나지만, EL 와이어는 너무 생소했다. 난생처음이자 마지막으로 LED 제품 인터넷 쇼핑몰에 들어가 어느 정도의 두께가 좋을지 고심했다. 어떤 색을 고를지, 길이는 어떻게 해야 할지 신중에 신중을 기했다. 와이어 자체가 비싼 데다가, 길이가 남는다고 해서 마음대로 자르기란 몹시 어려웠기 때문이었다.

　요즘이야 네온사인을 손수 만드는 사람이 많고 방법도 쉽게 찾아볼 수 있지만, 내가 이걸 만들어보자 하고 결심했을 당시만 해도 EL 와이어는 단순히 차량 내부 튜닝을 위해서만 팔리는 상품이었다. 주문은 전화나 메일을 통해서만 가능했다. 편하고 빠른 의류 온라인 쇼핑몰에 익숙해져 있던 나에게는 주문부터가 난관이었다.

어렵사리 주문하고 택배가 도착한 뒤 상자를 뜯을 때까지도 나는 도대체 EL이 무슨 뜻인지, 어떻게 빛이 나는 건지 알지 못했다. 판매자가 일러준 대로 인버터와 커넥터를 같이 샀고 끼우라는 대로 조립했다. 와이어를 구부려 아크릴 판에 글루 건으로 고정할 때도 애를 먹었다. 얇은 두께에 비해 펴지려는 힘이 세서 붙이기 여간 힘든 게 아니었다. 자칫 힘을 과하게 주어 꺾었다간 빛이 나지 않기 때문에 더욱 조심스러웠다.

그렇게 몇 시간을 끙끙댔을까. 드디어 완성된 아크릴 판을 벽에 붙이고 전원에 코드를 꽂았다. 파란빛이 들어오는 그 순간. 힘들던 마음이 싹 가셨다. 나중에 돌이켜보면 조잡하겠지만, 흔하지 않은 나만의 소품을 만들어 집을 꾸몄다는 사실에 벅차기만 했다.

다가올 연말을 대비하여 꼬마전구도 샀다. 전구 알이 크고 단단해서 예상보다 지출이 컸으나 집을 위해 쓰는

돈은 아깝지 않았다. 집을 완전히 뜯어내 취향껏 인테리어를 바꾸는 사람들처럼 매립 등이니 간접 조명이니 거창한 시도는 아니어도 충분히 만족스런 나만의 대공사였다.

낮에는 햇빛에 의존하다가 오후에서 저녁으로 넘어가는 시간에는 네온사인과 꼬마전구 같은 간접 조명을 켰다. 여기에 친구들이 놀러 오면 스탠드 조명까지 합세.

네온사인은 친구들에게도 인기였다. 다들 집에 놀러 오면 이 조명을 켜고 셀카를 찍었다. 친구들이 모이고, 친구의 친구들도 오고, 그 친구들끼리 금세 친해지고. 내 집은 친구들의 아지트 역할을 잘 해냈다. 좌식 테이블에서는 언제나 두런거리는 말소리와 잔 부딪히는 소리가 끊이질 않았다.

친구들이 모두 돌아가고, 혼자 침대에 누워 있다가 괜히 외롭고 쓸쓸해질 때면 자기 직전까지 조명을 켜놓았다. 눈이 부시지 않을 정도로 미미하고 은은하게 빛나는 수십 개의 전구들이 나를 위로해주었다.

조금씩 내 손길이 닿아 완성되는 집.

그 시간동안 나도 집을 배운다.

초록 대신 빨강

나에겐 작은 '초록이들'이 있다.
아니 있었다.
이사를 막 왔을 무렵에는.

집에 있던 작은 선인장을 나는 항상 '선인장 씨'라고 칭했다. 나의 선인장 씨는 이사를 온 지 얼마 되지 않아 시름시름 앓다가 말라버렸다.

첫 번째 선인장 씨는 나와 꽤 오랜 시간을 함께 보냈다. 고등학교 3학년 때 선생님께 스승의 날 선물로 드릴 화분을 사면서 천 원을 주고 샀던 새끼손가락만 한 아이였다. 독립을 하기 전까지, 그러니까 나와 4년 정도 꽤

긴 시간을 함께 동고동락했다. 늘 초록빛을 띠며 묵묵히 자리를 지키는 녀석이었다. 이사를 오고 나서도 별 생각 없이 선반에 올려두었는데 어느 날 보니 5센티미터가 조금 넘던 선인장이 어느새 중지 손가락만큼, 두 배는 자란 듯 보였다.

멋모르고 선인장이 무럭무럭 자라기 시작한다며 좋아했다. 그런데 누군가 말하길 그건 웃자란 것이라고 했다. 아마도 햇빛이 부족했거나, 통풍이 잘 안됐거나, 물을 너무 많이 줬을 거라고. 물은 이전처럼 줬으니 제외하고 앞의 두 가지가 문제인 듯했다.

이전에 가족과 함께 살던 아파트는 하루 종일 빛이 풍부하게 들었다. 앞뒤 베란다 문을 열면 바람 소리가 날 정도로 통풍이 잘되었다. 그래서 그렇게 묵묵히 잘 지내온 건데, 좁고 창문이 한쪽뿐인 오피스텔로 이사를 오니버티기가 힘들었나 보다. 빛을 받기 위해 안간힘을 써 몸을 늘린 거라고 생각하니 선인장 씨에게 미안해졌다. 그렇다고 창가에 두자니 너무 추울까 염려되었다.

웃자란다는 개념을 알고 나서는 화분을 시간에 따라이리저리 옮기면서 신경 썼지만 선인장 씨는 계속해서 자랐다. 그 뒤로도 친구들에게 종종 작은 선인장을 선물로 받곤 했다. 나는 식물이, 그것도 선인장이 그토록 키우기 힘들 줄 미처 몰랐다. 머리에 뿔을 달고 계속 웃자라다가 초록색 표면이 거친 흰색으로 바뀌고 결국엔 힘없이 떨어졌다. 그렇게 세 개의 선인장을 정리했다. 나는 더 이상 초록 식물은 이 집에서 키울 수 없다는 결론에 이르렀다.

그래서 대신 꽃을 들이기로 했다. 불현듯 인터넷에서 봤던 꽃 정기 구독 서비스가 생각났다. 바로 석 달치를 결제했고, 2주에 한 번씩 집으로 꽃이 배달되었다.

얼마 전까지 선인장 씨가 있던 자리에 새로운 꽃이 들어오니 조금 미안한 마음이 들기도 했다. 그렇지만 밝고 화려한 꽃들 덕분에 집 분위기는 확실히 화사해졌다. 꽃은 줄기가 잘려 배달되었지만 생각보다 오래 그 화사함을 유지했다. 매일매일 물을 갈아주면서 줄기 끝부분을 사선으로 잘라 관리하면 2주 내내 생생한 꽃을 볼 수 있었다. 머리맡에 두니 은은하게 풍겨오는 꽃 향기도 근사했다. 햇빛을 정면으로 받은 꽃잎 속이 살짝 비치는 것도, 노란 조명 아래 선명하게 빛나는 것도 예뻤다. 생생

히 살아 있을 때도 예뻤고, 시들기 시작하면 얼른 꺼내 그늘에 말려 두어도 예뻤다.

그중 라넌큘러스가 가장 기억에 남는다. 이름부터 특이한 라넌큘러스는 꽃잎이 빽빽하게 동심원을 그리며 들어찬 꽃이다. 화병에 꽂은 지 열흘 정도 지나면 라넌큘러스 꽃잎은 힘없이 하나씩 툭 툭 떨어진다. 내가 받았던 라넌큘러스는 붉은색이었는데, 하얀 바닥에 새빨간 꽃잎이 떨어져 유독 강렬한 인상을 남겼다. 한 방울씩 번지는 핏방울 같다고도 생각했다. 한참동안 화병을 보고 있으면 꽃잎이 점점 중심을 벗어나 아래로 처지다가 톡, 하고 떨어지는 모습을 목격할 수 있다. 그 모습이 너무도 아름다워 동영상을 찍어두기도 했다.

금방 잊어버리긴 했지만, 꽃과 함께 오는 안내문을 읽으며 새로운 꽃에 대해 배우는 것도 소소한 재미였다. 작은 꽃다발은 플로리스트가 디자인한 대로 철사에 돌돌 감겨 왔다. 가끔은 그 매듭을 풀고 내가 배열을 다시하기도 했는데 이런 걸 '어레인지'라고 하는 것 같았다. 물론 의도와 다르게 어수선하거나 지저분해져서 서너 번은 풀었다 묶었다 반복해야 했지만, 꽃을 만지는 게 마냥 좋았다. 플로리스트는 이렇게 향기롭고 예쁜 꽃을 매일매일 다듬고 구성하며 얼마나 행복할까 하는 생각도 들었다.

어차피 시들 운명이라고 생각하니 화분을 두는 것보다 마음이 훨씬 편해져서 그 뒤로도 종종 꽃 구독을 신청하곤 했다. 내게 온 꽃은 저마다 고유의 향과 색으로 나를 매료시켰고 단 한 번도 실망시키지 않았다.

매일 비슷하게 흘러가던 일상에 생긴 사소한 변화는 예상보다 큰 행복을 가져다 주었다. 큰돈을 지불한 것도, 시간과 노력을 들인 것도 아니었다. 컴퓨터 앞에 앉아 몇 시간 동안 모니터만 바라보며 작업을 하다가 문득 돌린 시선에 꽃이 걸리거나, 침대에 누웠을 때 서서히 퍼지는 향기를 맡는 순간이면 머리부터 발끝까지 행복감이 밀려들었다. 숨을 쉬고 밥을 먹듯이 편안하고 자연스러운 시간들이었다. 이제 꼭 꽃이 아니더라도 하루하루 내가 무심하게 지나친 순간들과 물건들에도 저마다의 행복이 숨어있을 것이라 믿는다. 좋아하는 마음으로 집 안을 찬찬히 둘러본다면, 어느 예상치 못한 날에 또 그런 행복들이 찾아오겠지.

실외기 그릴을 열어 주세요

매년 그랬듯, 이번 여름에도
유례없는 최고 더위가 이어질 거라며
언론이 호들갑을 떨었다.

전기세가 좀 나오겠지만 에어컨을
켜고 집에만 있을 거니 괜찮을 거라고 생각했다. 그런데
웬걸, 희망 온도를 18도로 설정해도 좀처럼 시원하지가
않았다. 오피스텔이 오래되어서 그런가. 에어컨 부품을
갈아야 하나. 청소를 안 한 게 문젠가. 이런저런 추측을
하긴 했지만 문제 해결을 위해 행동한 건 딱히 없었다.
친구들이 집에 놀러 와 덥다며 손으로 부채질을 해대면

슬며시 선풍기를 친구 얼굴을 향해 돌려줄 뿐.

그렇게 첫 집에서의 첫 여름을 반 이상 보내고, 더위에도 적응이 되어갈 때쯤이었다. 오랜만에 연락이 닿은 친구를 집으로 불렀다. 에어컨에 대해 불평을 쏟아내는 나를 보고 친구가 말했다.

"실외기실 문 열었어?"

그게 무슨 상관이냐고 반문하는 나를 뒤로하고 친구가 성큼성큼 실외기실 앞으로 걸어갔다. 친구는 그 앞을 막고 있는 커다란 전신 거울을 끙끙대며 치우고 퀴퀴한 냄새가 나는 실외기실 안으로 몸을 숙였다. 그러고 보니 지금껏 무심히 지나쳤던 엘리베이터의 안내문이 생각났다.

"실외기실 문을 열고 레버를 돌려 그릴을 열어주세요."

레버니 그릴이니 단어도 생소한 데다가 지금까지 계속 아파트에서만 살아온 터라 실외기 그릴을 따로 연다는 건 상상해본 적도 없었다. 굳이 해야 하나 싶어서 무시했는데 그게 원인이었다니.

여전히 실랑이를 벌이는 친구의 어깨 너머로 실외기실을 힐끗 넘겨보았다. 가로세로 1미터가 될까 말까 한 좁은 공간에 에어컨 실외기가 놓여 있었다. 삼면은 벽으로 막혀 있고, 건물 외벽 쪽은 블라인드처럼 처리되어 있었다. 친구가 힘들게 돌리고 있는 건 그 블라인드처럼 생긴 그릴을 활짝 열어줄 레버였다. 최소 1년 정도. 아무도 돌리지 않았을 레버는 마침내 끽 소리를 내면서 돌아갔다. 굳게 닫혀 있던 두꺼운 판들이 돌아가면서 바깥 공기가 실외기실로 훅 들어왔다.

여전히 반신반의하는 나를 보며 친구는 호언장담을 했다. 이제 에어컨은 제대로 작동할 거라고. 그동안 불이 나지 않은 게 다행이라고. 정말 놀랍게도 그 뒤로 내 집은 지나치리만큼 시원해졌다. 에어컨을 틀어두고 조금 있으면 너무 추워서 도로 꺼야 할 지경이었다. 여태껏 벽 한쪽에 툭 불거진 실외기실을 보기 흉하다고 여겨왔다. 하지만 이제 그리 미워하지는 않기로 마음먹었다. 그곳에 실외기실이 자리한 이유가 있는 거였다. 에어컨은 켜기만 하면 시원해지는 줄 알았는데. 앞으로 엘리베이터에 붙어 있는 공고는 유심히 살펴보기로 다짐했다.

분명 똑같은 '집'인데 혼자 살게 되니 새로운 것투성이였다. 전에 있던 아파트에서는 따로 음식물 쓰레기용 봉투를 사지 않고 1층 주차장에 있는 음식물 쓰레기통에

버렸다. 그런데 이사 온 오피스텔에선 꼭 전용 봉투에 담아서 내놓아야 했다. 세탁기의 세탁조도 주기적으로 청소해야 하며, 부엌 렌지 후드를 너무 오래 닦지 않으면 기름이 떨어진다는 사실도 알았다. 혹은 이번처럼 실외기실을 닫아두면 에어컨이 기능을 못한다는 깨달음들.

혼자 사는 게 어느 정도 익숙해졌다고 생각했는데 자꾸 새로운 문제들이 생기다 보니 아직 멀었나 싶기도 했다. 첫 집에서 사계절을 다 겪지 못해서 그랬을까. 얼마나 더 혼자 살아보아야 모든 일에 의연하게 척척 대처할 수 있을까?

예쁜 것들은
기분을
좋아지게
만든다

여태 수없이 많은 선택을 했지만,
후회없는 선택을 하는 건
여전히 어려운 일이다.

　　　　　필요한 물품을 사려면 예산부터 생
각해야 했고, 디자인도 따지고 싶었고, 실용성도 중요했
다. 이사 초반에 한껏 들떠서 이것저것 재지 않고 샀던
물건은 대부분 값이 싸고, 예쁘지 않고, 실용성이 떨어
졌다. 그래서 그다음엔 비싸지 않으면서 실용성 있는 것
들을 골랐다.

　그런데 자꾸만 신경이 쓰였다. 제각각 색과 모양이 다

른 옷걸이, 짙은 회색 테이블에 올릴 때마다 이질감을 주는 쇠 수저, 알록달록한 수세미, 강렬한 주황색 플라스틱 도마 같은 것들이.

망가진 것도 아니고 버리기엔 아까워서 그냥 둘까 싶었지만 아무래도 나는 집에 있는 내내 그것들이 거슬릴 거라는 결론을 내렸다. 지금부터라도 디자인을 전공하는 사람답게 굴어보기로 했다. 아무것도 따지지 말고 정말 내 마음에 드는 예쁜 물건을 골라 오래오래 쓰기로.

때마침 나는 처음으로 유럽 여행을 떠났다. 여행하며 내가 가장 즐거웠던 건 디자인의 중요성을 일찌감치 깨달은 유럽의 도시를 직접 보게 된 것이다. 각 가정의 정체성이 드러나도록 앞마당을 개성 있게 꾸민 주택가, 아름다운 펜던트 조명이 잔뜩 걸려 있던 공항, 건물 외벽에 덕지덕지 커다란 네온 간판을 걸지 않고도 손님을 끌어들이는 작은 상점들.

특히 숙박 공유 사이트를 이용하며 현지인의 집을 며칠씩 빌려 생활할 때, 남녀노소를 불문하고 모두의 집이 집주인의 성향을 반영해 예쁘고 독창적으로 꾸며져 있는 것에 놀랐다. 그래서 시간이 날 때마다 현지에서 유명한 생활용품 가게에 들렀다. 골목에 있는 작은 편집 매장, 길을 지나가다 우연히 마주친 가구 매장이나 그릇 가게 등등.

캐리어는 점차 다양한 물건으로 채워졌다. 세상에, 생애 첫 유럽 여행에서 냄비와 주전자를 사게 될 줄이야. 유럽에서 한 달을 보내며 나는 새삼 의식주 중에서 주(住)가 사람에게 얼마나 큰 영향을 미치는지 몸소 깨달았다. 일상에서 디자인이 얼마나 중요한지도.

본래 성격대로라면 일주일이 넘도록 캐리어를 정리하지 않았을 나지만, 옷 사이사이에 넣어 소중하게 운반해 온 기념품들을 하루빨리 눈에 잘 띄게 두고 싶어서 한국에 돌아온 다음 날 바로 짐을 정리했다. 그런데 주전자에 붙은 스티커를 제거하려고 바닥을 본 순간 웃음이 터지고 말았다.

주전자는 일본 브랜드 제품이었다. 한 시간이면 갈 수 있는 일본에서 만든 물건을, 아니 일본 제품 직구 사이트를 이용하면 집에서 편히 살 수 있는 걸 이역만리 영국의 편집 매장에서 사왔다는 게 얼마나 우습던지.

그 후로 며칠이 지나지 않아 나는 세탁소 옷걸이를 집

에서 싹 치웠다. 대신 나무로 된 옷걸이 세트를 사서 행거에 나란히 걸었다. 거기엔 무슨 옷을 걸어도 예뻐 보일 것 같았다. 쇠 수저는 만약을 대비해 한 벌만 남기고 찬장 깊은 곳으로 넣었다. 빈자리는 이전 여행에서 사온 무광 블랙의 포크, 나이프, 스푼들이 채웠다. 수세미는 흰색 스펀지로 바꿨고, 나무 도마를 샀다.

누군가는 디자인이 마음에 들지 않는다는 이유로 멀쩡한 물건을 버린다며 혀를 찰 수 있다. 또 누군가는 자취생이 지갑을 털어 하나에 만 원이 훌쩍 넘는 포크를 사는 걸 이해하지 못할 수도 있다. 그러나 한차례 자잘한 물건들을 버리면서 나는 깨달았다.

'예쁜 것들은 기분을 좋게 만들어주지.'

이후 무언가를 살 때 고려 사항은 오로지 디자인이 되었다. 그리고 그렇게 산 물건들은 절대 질리지 않았고, 쓸 때마다 매우 만족스러웠다.

내 공간을 가지게 되면 제일 먼저 하고 싶었던 일.

집들이 말고, 홈파티.

홈파티

예쁜 음식을 근사한 그릇에 담는다.
은은한 조명 아래
좋아하는 사람들과 모여 도란도란.

　　　　　　　　평소 한꺼번에 여러 친구들과 어울
리지 않아서 매번 친구 한 명씩을 집에 초대하곤 했다.
파티다운 홈파티를 해보지 못한 것이 아쉬웠는데, 술자
리를 몇 번 가지자 내 친구들끼리도 서로 친해졌다. 이
를 계기로 종강을 며칠 앞둔 12월에 친구들을 집으로 초
대했다. 고등학교 동창, 대학 동기, 아르바이트를 같이하
던 친구까지. 모인 이들의 접점이라고는 나 하나밖에 없

었다. 하지만 내 친구들이니만큼 성격이 다들 비슷했고 다행스럽게도 잘 어울렸다.

자취를 시작한 지 반년도 안되었던 나는 요리에 대한 욕심이 많았다. 각종 식재료와 부재료 때문에 도마를 가로로 놓을 자리도 없는 좁은 공간에서 혼자 동분서주했더랬다. 좁은 집에서 만드는 것도, 치우는 것도, 설거지하는 것도 번거로운 음식을 기꺼이 준비하게 되는 힘은 친구들의 환호성에서 나왔다.

꼬들꼬들 항정살양념구이와 베이컨콩나물볶음. 그리고 직접 튀긴 치킨. 내가 메뉴 하나를 완성할 때마다 친구들은 그걸 테이블로 옮겼고 그릇을 준비했으며 냉장고에서 술을 꺼냈다. 그릇이 테이블에 놓일 때마다 들려오는 즐거운 소리. 혹은 테이블을 앞에 두고 일어섰다가, 앉았다가, 몸을 옆으로 기울였다가, 뒤로 갔다가 하며 열심히 셔터를 누르는 모습.

음식을 준비하는 내내 위잉 시끄럽게 돌아가던 환풍기가 꺼지고, 모두들 작은 테이블 앞에 옹기종기 모였다. 연말 느낌을 내려고 주렁주렁 걸어둔 꼬마전구와 손수 만든 네온사인이 함께 켜지니 내가 만든 내 집이지만 정말 예뻤다. 마음이 너무도 잘 맞는 친구들과 밤이 깊도록 편하게 술을 마셨다. 베베도 덩달아 기분이 좋은지 연신 꼬리를 흔들며 바쁘게 돌아다녔다. 친구 중 하나는 음악을 하고 있어서 이날도 커다란 기타를 어깨에 메고 왔는데, 기타를 치며 노래를 부르기도 했다.

어느 날은 편의점에서 산 팝콘을 한가득 상에 펼쳐두고 초대한 친구들과 나란히 앉아 노트북으로 영화를 보기도 했다. 물론 영화 중반이 지나자 한 명은 벽에 기대고, 한 명은 침대에 눕고, 또 다른 한 명은 팔을 괴고 있었지만 그마저도 즐겁고 편안했다.

가끔은 낮에 모여 차나 커피를 마시는 즐거움도 있었다. 큰 목소리로 빠르게 나누지 않아도 좋을 이야기들. 막 구운 팬케이크를 가운데 두고 김이 모락모락 나는 뜨거운 커피까지 더해지면 여느 카페가 부럽지 않았다.

나만의 집에 나만의 부엌과 나만의 식탁을 가지기 전에는 왜 굳이 집으로 손님들을 초대해서 귀찮게 그 많은 그릇과 커트러리를 꺼내는지, 설거지만 해도 삼십 분이 넘게 걸릴 것 같은데 왜 기꺼이 그 많은 음식을 하는지 이해할 수 없었다. 그런 부류는 뭐랄까 나랑 다른 세상에 살고 있는 사람들 같았다. 여유롭고, 요리도 잘하고, 널찍한 집에 근사한 아일랜드 조리대를 가졌을 것만 같은.

그런데 마음먹고 준비해 보니 친구 초대는 생각만큼 번거롭지 않았다. 내 부엌에서 내가 요리할 수 있는 만큼을, 내가 할 수 있는 수준으로 준비하면 그만이었다. 또한 내 작은 테이블에 둘러앉을 수 있는 수의 친구들만 초대하면 되는 일이었다.

친구들이 어떤 음식을 좋아할까. 어떤 메뉴를 구성해야 서로 어울릴까 고민하면서 장을 보는 건, 누군가의 생일 선물을 준비하며 설레는 마음과 똑같았다. 그렇게 준비한 재료로 정성스레 요리하고, 그 음식을 먹은 친구들이 기뻐해주는 건 그들보다도 내가 행복한 일이었다. 가끔 스테이크에 로즈마리라도 하나 올리면 괜히 쉐프가 된 것처럼 으쓱하기도 했다. 요리하기 벅찬 날에는 보쌈이나 치킨, 회 같은 배달 음식의 힘도 빌렸다.

밖에서 친구들을 만날 때는 베베를 데려갈 수 있을까를 걱정이었다. 약속 장소에 전화해서 강아지가 같이 들어갈 수 있는지 물어보았다가 퇴짜 맞기 일쑤였다. 친구들을 집으로 초대하면서 베베 걱정이 사라진 게 가장 좋왔다. 다행스럽게도 친구들 모두 나의 마음을 이해해주 었고, 어떤 친구는 한 시간이 넘게 떨어진 곳에 살면서 도 매번 먼 길을 기꺼이 와주었다. 다른 친구는 대형 마트에 들러 생필품과 저녁 재료를 한가득 사오기도 했고, 또 다른 친구는 올 때마다 손에 커다란 와인을 한 병씩 들고 왔다.

다들 참 따뜻한 마음을 가지고 있었다. 앞으로 내가 더 잘해야지. 내 집까지 모인 게 후회되지 않도록. 좋은 곳, 좋은 시간, 좋은 음식으로 기억되도록.

완벽한
토요일

오늘은 정말 완벽한 하루였다.

거의 매일 밤마다 맥주를 두 캔 이상 마셔댔더니 다이어트가 절실해졌다. 큰맘 먹고 규칙적인 생활을 해보기로 결심했다. 다음 날부터 평소보다 훨씬 일찍 일어났다. 조금만 더 누워 있을까 아주 잠깐 고민했지만 의지를 굳게 다잡고 침대 밖으로 나왔다.

며칠 내내 좋은 날씨가 이어졌다. 햇살이 아침부터 집 깊숙이 들어온다면 더할 나위 없이 좋겠지만, 일단은 맑은 하늘을 볼 수 있는 걸로 만족했다. 요즘은 귀찮다, 바쁘다는 핑계로 저녁에 모든 일을 마치고서야 첫 식사를 하는 게 습관이 되어버렸다. 그래서인지 모처럼 맞이하는 이른 시간에는 약간의 허기도 느껴지지 않았다. 하지만 규칙적으로 생활하려는 의지에 걸맞게 아침을 챙겨 먹기로 했다.

　냉동실에 있던 베이글을 해동하고, 모카포트에 커피를 채웠다. 매번 쓸 때마다 느끼는 거지만, 스페인에서부터 이 모카포트를 사온 건 정말 잘한 일이다. 사용할수록 기분이 좋아지니까. 베이글이 말랑말랑해질 때쯤 불 위에 올려둔 모카포트에서 커피가 다 추출되었음을 알리는 소리가 들렸다.

　따뜻한 베이글에 연유를 뿌려 아이스라테와 함께 먹었다. 매번 그냥 커피에 찬 우유를 콸콸 부어서 마셨는데, 오늘은 처음으로 유리컵에 얼음도 가득 담고, 우유 위에 커피를 살살 조금씩 부었다. 인터넷에서 본 대로 우유와 커피 사이에 선명한 층이 생겼다. 단번에 성공이라니. 아침부터 마음이 설레기 시작한다.

　그저 허기를 달래기 위해 끼니 때우기 식으로 대충 밥

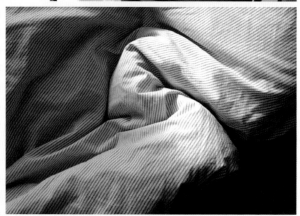

을 먹는 것과, 간단하더라도 정성을 들여 예쁘게 차려놓
고 먹는 건 심리적으로 하늘과 땅 차이다.

베베에게도 아침밥을 준 뒤 둘 다 소화를 시킬 겸 건
물 옥상의 작은 공원으로 올라갔다. 아침 아홉 시. 공원
에는 아무도 없었고 해가 아주 쨍쨍했다. 집보다 훨씬
따뜻해서 추울까 봐 걸쳐 입은 후드티가 덥게 느껴졌다.
베베도 신나게 이리저리 달렸다. 나는 벤치에 앉아서 그
런 베베의 사진을 찍느라 바빴다.

집에 들어가기 전에 1층 슈퍼에서 쌀과 락스 등을 샀
다. 휴일인 만큼 밀린 청소를 해보기로 마음먹었다. 한
주 내내 일이 많았기에 집 안 구석구석 엉망진창이었다.
깔끔하게 치우려면 긴 시간이 걸릴 듯했다.

소매와 바짓단을 걷어 올리고 블루투스 스피커를 켰
다. 직접 선곡하지 않아도 몇 시간 동안 흘러나오는 오
늘의 추천 플레이 리스트를 재생했다. 천장 등은 모두
끄고 침대 옆 스탠드를 켰다. 어스름한 아침 기운과 조
명의 노란빛이 섞였다. 내가 참 좋아하는 색감이다.

바닥에 아무렇게나 던져둔 옷가지와 가방을 털어서
옷장에 넣고, 가득 찬 빨래 바구니도 비웠다. 얼마 만에

듣는 세탁기 소리인가. 빨래만큼이나 밀려 있던 설거지
도 했다. 아침을 담아 먹었던 그릇도 뽀득뽀득 깨끗하게
씻었다. 미루는 것보다 바로바로 하는 게 훨씬 낫다는
걸 알면서도, 나는 늘 미루고 늘 후회를 했다. 평소였다
면 별생각 없었겠지만, 아침부터 기분이 좋아서 그런지
식기 건조대에 거꾸로 놓인 그릇마저 예뻐 보였다.

언제가 마지막이었는지 기억도 안 나는 화장실 청소
도 했다. 락스를 써야 했기에 창문을 활짝 열었다. 호텔
욕실처럼 깨끗해진 화장실을 보며 매일 이렇게 반짝반
짝 빛나는 세면대와 타일이면 얼마나 좋을까 생각했다.
침대 헤드와 선반, 거울에 얇게 쌓인 먼지까지 모조리
닦아냈다.

그사이 시간이 흐르고 한낮의 강한 햇빛이 집 안을 비
추기 시작했다. 때맞춰서 다 된 빨래를 탈탈 털어 건조
대에 널었다. 물기 건조를 위해 활짝 열어둔 욕실 문으
로 조금씩 묻어 나오는 락스 냄새와 아직 축축하게 널려
있는 빨래의 라벤더 섬유 유연제 향이 묘하게 어우러져
좁은 집을 가득 채웠다. 절로 행복해지는 향기다.

잠깐 쉴까. 냉장고를 열어 방울토마토를 꺼냈다. 평소

토마토를 썩 좋아하지 않았지만 요즘에는 의식적으로 과일이나 채소를 많이 먹으려고 노력중이다. 침대에 앉아 방울토마토를 먹으며 한숨 돌렸다. 땀을 흘리고 먹으니 달디달았다.

청소기를 돌린 후 걸레질하는 것으로 집 정리를 마무리했다. 밀린 대청소를 하면 하루가 다 갈 줄 알았는데 작은 집이라 그런지 예상외로 빨리 끝났다. 아침 일찍부터 활동한 덕일지도 몰랐다.

시곗바늘은 이제 막 오후 한 시를 가리키고 있었다. 때맞춰 점심도 해 먹었고, 그 후엔 일기를 썼고, 블로그 포스팅도 했다. 오후에는 두 시간 정도, 낮잠이라기엔 좀 긴 낮잠을 잤다. 저녁이 되어서는 오랜만에 집에서 고기를 구웠다. 따끈한 밥과 바싹 구워진 항정살을 먹으며 좋아하는 티비 프로그램을 보는 걸로 완벽한 토요일 완성.

새로운 가족에서,

유일한 가족으로.

언제나
내 곁에

베베랑 단둘이 산 지
벌써 1년이 지났다.
내가 열일곱 살 때
우리 집에 왔던 아기 푸들.

　　　　　동물을 좋아하는 아이라면 누구나 부모님께 조르고 떼를 부린 기억이 있을 것이다.

"나 강아지 키우고 싶어!"

나와 두 동생의 지속적인 조르기 덕분에 내가 열일곱이던 해 어린이날, 강아지 한 마리가 우리의 새로운 가족이 되었다. 손 위에 올리면 내 손바닥을 간신히 채울 정도로 작았던 푸들에게 나는 '베베'라는 이름을 붙여주었다. 가족들과 사이가 틀어지고 독립을 결심한 뒤 집을 나오던 날, 나는 한 치의 망설임도 없이 베베를 제일 먼저 안아 들었다. 그렇게 나는 베베와 둘이서 살게 되었고, 이제 베베는 나의 새로운 가족이 아니라 유일한 가족이 되었다.

베베는 무척 영리하다. 원래부터도 말을 잘 알아듣는 편이었는데, 하루 온종일 나와 붙어 지내게 되면서는 더욱 눈치가 빨라져서 정말 사람처럼 군다. 반려견이 아니라 반려인 수준.

우리 둘만 알 수 있는 몸짓 언어도 생겼다. 베베는 물그릇에 물이 없으면 화장실로 쪼르르 달려가서 나를 기다리고, 배가 고프면 밥그릇을 발로 찬다. 같이 침대에 누워 있다가 내 팔에 기대 자고 싶으면 코로 이불을 들추고 들어와 팔을 베곤 한다. 앉아 있는 자리가 불편하면 바닥을 마구 파는 시늉을 하기도 한다. 내가 의자에 앉으면 안아달라고 내 다리를 긁는다.

나는 베베가 하는 말은 절대 놓치지 않는다. 한창 다른 일에 정신을 팔고 있어도 베베가 화장실로 달려가는 것만큼은 귀신처럼 잘 보인다. 그럼 나는 얼른 물그릇에 물을 채워준다. 바닥이 만족스러울 정도로 폭신하지 않다며 베베가 바닥을 마구 긁어대면 나는 담요를 그 위에 도톰하게 깔아준다. 그뿐만 아니다. 한밤중 깊은 잠에 빠져 있다가도 속이 안 좋은 베베가 토라도 하려고 굴면 그 소리가 어찌나 귀에 선명하게 들리는지 모른다.

내가 건강할 때나 아플 때나, 기쁠 때나 슬플 때나 베베는 언제나 내 옆에 있다. 나보다 조금 높은 체온으로 나에게 따뜻함을 주면서. 자기 전 내 팔을 베고 누워 코를 골며 먼저 꿈나라로 간 베베를 보고 있으면 마음 깊은 곳부터 행복이 차오르는 느낌이다.

살면서 많은 사람을 만난다. 어떤 사람이 나와 잘 맞을까 재고 따지는 사이 상처를 받기도 한다. 그런데 베베는 내가 어떤 사람이든 간에 변함없이 무한한 신뢰와 애정으로 나를 대한다. 쓰레기를 버리러 아주 잠깐 밖에 다녀왔을 뿐인데 뭐가 그토록 반가운지 마치 몇 년 만에 만난 것처럼 빙글빙글 돌고 낑낑거리고 방방 뛰면서 반가움을 온몸으로 표현한다.

물론 베베에게 마냥 밝은 면만 있는 건 아니다. 나는 마음만 먹으면 언제든 밖으로 나갈 수 있고, 먹고 싶은 걸 먹을 수 있고, 친구들을 만날 수 있다. 그러나 베베는 내가 데리고 나가지 않는다면 혼자 밖으로 나갈 수 없다. 나처럼 희로애락을 함께 나눌 친구가 있는 것도 아니다. 내가 문을 열지 않으면 베베는 한평생 이 작은 집이 세상의 전부라고 여기며 살다 갈 수도 있는 것이다. 그런 의미에서 나는 이 생명의 세상을 책임지고 있는 입장이다. 당연히 그만큼 책임감이 커질 수밖에 없다.

베베와 살며 친구들과 낮부터 밤까지 밥도 먹고 영화도 보고 카페도 가는 건 옛날 일이 되었다. 예전처럼 친구들과 밤새 밖에서 술을 마시고 노래방을 갈 수도 없다. 직장을 구할 수도 없고, 여행도 맘 편히 떠날 수 없다. 갑자기 베베가 아프기라도 하면 병원비도 엄청나게 많이 나온다. 나는 1년에 한 번 갈까 말까 한 미용실에서 2만 원을 주고 머리를 자르는데 베베는 한 달에 한 번 5만 원씩 주고 미용하는 실정이다.

베베와 함께 살게 되면서 나는 직장 대신 집에서 할 수 있는 일을 찾았다. 결과적으로 지금은 프리랜서로 살고 있다. 밖에서 친구들을 만날 수 없는 대신 집으로 친구들을 초대해 작은 홈파티를 열었고, 가끔 서울에 볼일이 생기면 제일 먼저 애견 동반이 가능한 카페나 식당을 찾는 게 일상이 되었다. 더 나이 들기 전에 워킹 홀리데이도 도전하고 싶은데, 베베가 눈에 밟혀 망설여진다.

게다가 해가 거듭될수록 베베는 늙고 있다. 벌써 열 살. 사람으로 말하자면 70대 노인인 셈이다. 베베에 대한 책임감이 강한 만큼이나 나는 심리적으로 베베에게 의지하고 있기도 하다. 베베의 흰 털이 많아지거나 잠자는 시간이 눈에 띄게 늘어나는 것을 보면 몹시 두렵다. 머지 않아 베베가 내 옆에서 사라질 거라는 생각은 정말 하기 싫지만, 무의식적으로 자꾸만 머릿속에 떠오르는 건 막을 수가 없다.

나는, 내가 사는 이유가 베베 때문이라고도 말한다.

그만큼 베베는 나에게 말로 다 표현할 수 없을 만큼의 위로와 힘이 되어주는 고마운 존재다. 그렇지만 나는 앞으로 다시는 반려견과 함께 살 수 없을 거라는 생각도 한다. 의지했던 마음의 몇 배 이상으로 상실감 또한 클 것을 알기에. 베베 때문에 불편한 게 한두 가지가 아니라고 불평한 것은 사실 얼마든지 감내할 수 있다. 지금까지 그랬던 것처럼, 베베가 언제나 내 곁에 있었으면 좋겠다.

엄마와
일주일

스무 살 이후로 쭉 일을 해왔다.
가족들과 살던 시절에도 교통비나
용돈은 내가 마련해야 했기 때문이다.
독립한 지금은 그뿐 아니라
월세, 공과금, 식비 등을 벌기 위해
부지런히 일해야만 하는 프리랜서.

숨만 쉬며 살더라도 꽤나 많은 돈
이 필요하다. 그래서 프리랜서에게 일은 애증이다. 많아
도 싫고 없어도 싫다. 일이 많을 땐 숨 돌릴 틈도 없이
한꺼번에 몰리는데 없을 때는 아예 뚝 끊겨 며칠이고 손
가락만 빨아야 한다. 뭐든 적당한 게 좋다지만, 그게 어
디 내 마음대로 되는 문제인가.

이번 여름 방학은 후자에 속했다. 새로운 일이 들어온

지 한참 되었다. 냉장고는 텅텅 비어가고, 생활비 통장에 돈도 떨어져갔다. 일이 없으니 집에 있는 시간이 자연히 길어졌는데 환기도 잘 되지 않는 오피스텔에 온종일 있으니 작은 일에도 예민해지는 것만 같았다. 게다가 더워도 너무 더웠다. 8월 중순의 불볕더위에 완전히 항복했다. 겸사겸사 엄마 집으로 피서를 갔다.

엄마는 예전부터 요리에 관심이 많았다. 내 엄마라서가 아니라, 객관적으로 엄마 요리 솜씨는 최고다. 손재주 좋기로 타고난 분이다. 내가 다양한 분야에 관심이 많고 재능이 있다면 그건 전부 엄마 덕이다. 내가 일이 없는 덕분에, 우리 모녀는 일주일 넘게 하루 종일 붙어 있을 수 있었다. 평소에는 내가 바쁘단 핑계로 자주 보지 못하던 터였다.

나는 귀찮아서 아침을 자주 챙겨 먹지 않았다. 그런데 엄마와 함께 지내니 아침부터 시작해 점심, 저녁까지 하루 세끼를 제시간에 꼬박꼬박 먹었다. 집으로 돌아갈 땐 분명히 살이 포동포동 오를 듯했다.

엄마의 부엌은 매 끼니마다 황홀한 냄새를 풍겼다. 어느 날은 칼칼한 닭볶음탕, 어느 날은 새콤하고 매콤한 비빔국수, 어느 날은 고소한 치즈가 가득한 파스타. 물론 토마토소스부터 엄마가 직접 만든 진정한 엄마표 요리였다.

며칠에 한 번 과외 아르바이트를 하는 날에 일을 마치고 집으로 돌아올 때면 엘리베이터에서 내리는 순간부터 엄마의 저녁 냄새를 맡을 수 있었다. 신나는 발걸음으로 현관문 앞에 서면 그 옆에 작은 부엌 창문이 딱 내 눈높이에 맞았다. 손바닥 두 개 정도의 작은 창이 노랗게 빛나는데, 그게 그토록 따뜻하게 느껴질 수가 없었다.

문을 열면 날아갈 듯 꼬리를 흔들며 뽀뽀 세례를 하는 베베와, 부엌에서 나타나는 엄마. 얼른 손을 씻고 식탁에 착석. 김이 모락모락 나는 냄비를 식탁 한가운데에 놓고 뚜껑을 연다.

독립한 이후 먹는 문제는 내게 그리 중요한 사안이 아니었다. 일부러 맛있는 걸 찾아다니는 사람도 아니었다. 그런데 엄마의 따뜻한 음식을 마주하던 그 순간만큼은 정말 행복했다. 행복은 제일 가까운 식탁에 있었다. 거기에 시원한 맥주나 소주를 곁들이면 더위가 싹 가셨다.

나는 정말 엄마를 꼭 닮았다. 비슷한 점이 참 많은 우리 모녀는 이렇게 술도 종종 함께 마시며 친구처럼 지내는 편이다. 이틀 만에 내가 포기하긴 했지만, 엄마 집에 머무는 동안 해가 저물면 같이 운동도 했다. 한 시간 동안 빠르게 걷기. 베베도 보다 넓고 시원한 집에 오니 평소보다 더 빠르게 뛰어다녔다.

엄마랑 술잔 기울이는 것만 뺀다면 어릴 때로 돌아간 느낌이 들었다. 초등학생 시절, 친구들과 밖에서 땀 흘리며 저녁까지 놀던 추억이 떠올랐다. 그리고 맛있는 냄새가 진동하는 집으로 돌아와 더러운 손을 씻고 식탁에 앉아 음식보다 먼저 준비된 수저를 양손에 들고서 오늘의 메뉴는 뭘까 두근두근했던 기억들….

일주일 조금 넘는 기간이 지나고, 점점 일이 들어왔다. 나는 내 집으로 돌아왔다. 며칠간 비웠다고 그새 빈집처럼 서늘한 집. 짐을 현관에 와르르 내려놓고 일단 들어섰다. 커튼을 걷고 창문을 열어 환기를 좀 시키고 침대에 벌러덩 누웠다. 일주일간 엄마 집에서 그렇게 배부르고 행복한 나날을 보냈음에도 어쩐지 내 집이라고 이 공간이 참 반갑고 편했다.

점

하루에도 몇 번씩
확인하는 게 있다.

아침에 일어나자마자, 길을 걸으며, 버스에서, 잠들기 전에, 나는 휴대 전화의 달력 어플을 켠다. 내가 사용하는 기본 어플은 일정을 적으면 날짜 아래 작은 회색 점 하나가 찍힌다. 그 날 일정이 한 개든 열 개든, 무조건 점 하나. 지난달에도, 지지난달에도 내가 보내온 거의 모든 날에는 회색 점이 찍혀 있다.

일정의 유무가 아니라 개수대로 점이 찍혔더라면 한

달에 100개가 넘는 점이 화면에 빼곡했을 테다. 매일 몇 번씩이나 마주하는 작은 화면. 그곳을 가득 채운 점들은 나를 더 열심히 살게 하는 원동력이 되기도, 숨통을 조이는 손이 되기도 한다.

드디어 대학 4학년이 되었다. 나는 더더욱 바빠졌다. 하루에 과외 아르바이트를 두세 개씩 하는 데다가 수업도 들어야 하고, 과제도 해야 하고, 졸업 패션쇼 연출까지. 바쁘게 사는 걸 즐기고 무언가를 맡아서 하는 걸 좋아한다지만, 피곤한 건 어쩔 수 없는 노릇이었다.

그즈음 아침에 눈을 뜨면 1초라도 침대에 더 누워 있고 싶어서 많은 걸 생략했다. 화장도, 머리 감기도, 옷을 고르는 것도. 매일 똑같은 옷에 모자를 눌러쓰고 집을 나섰다. 밤늦게 집에 돌아오면 밀린 청소나 설거지는 또다시 내일로 미룬 채 바로 잠에 들었지만 나는 늘 피곤했다. 그렇게 몇 주가 지나고, 집은 점점 엉망이 되었다. 발엔 머리카락들이 밟혔고, 개수대는 늘 그릇으로 가득했다. 침대며 책상에는 며칠 전 입은 옷들이 켜켜이 쌓여 있었다.

집에 돌아오면 헝클어진 일상과 나의 모습에 한숨이

나왔지만, 의욕적으로 청소할 마음은 들지 않았다. 나를 둘러싸고 있는 환경이 무겁게 처지니 그 안에 나도 한없이 작아지는 느낌이었다.

갑자기 떠오른 친구에게 전화했다. 늦은 시간임에도 반가운 친구 목소리를 들을 수 있었다.

"만나자."

"그래."

친구는 아직 회사에 있었다. 일을 마치는 대로 내게 들리기로 했다. 나는 친구를 기다리며 늦은 저녁을 먹었다. 오랜만에 바로 설거지를 했고 꼴사납던 이불도 말끔히 갰다. 그러는 동안 친구가 퇴근했다. 시각은 열한 시 반쯤, 아주 야심한 밤이었다. 우리는 서로 마주보며 동시에 하품을 했다. 둘 다 졸려 죽겠다는 표정을 하고도 1층 편의점에서 와인을 사와 침대에 걸터앉았다. 서로 공감하고 깔깔거릴 수 있는 이야기를 나누는 동안 밤은 더욱 깊어졌다.

문득, 말 한마디 없이 힘을 빼고 각자 침대 구석에 늘어져 있어도 지루함이나 어색함이 없는 이 관계가 몹시 고맙게 느껴졌다. 밤 열 시에 전화해도, 야근 후 피로한 몸을 이끌고도 기꺼이 나를 보러 와주는 소중한 친구. 수많은 회색 점 사이에서 내가 그토록 찾았던 '숨 쉴 구멍'은 바로 이런 관계가 아니었을까.

친구는 자정이 한참 넘은 시각에 돌아갔다. 눈이 자꾸만 감기고 하품이 멈추지 않았지만 오히려 힘이 솟았다. 쌓여 있던 옷을 하나씩 옷걸이에 걸고 이 주일 만에 재활용함도 깨끗이 비웠다. 야심한 시각인 관계로 청소기는 다음 날 꼭 돌리리라 마음먹었다. 이날 확실히 깨달은 바가 있다. 내 집은 내 마음 상태를 대변한다는 것. 에너지 넘치고 행복할 때의 나는 아늑하고 따뜻한 집에 살았고, 힘없고 우울할 때의 나는 외롭고 쓸쓸한 집에 살았다. 어느 순간 집이 엉망이 된 채로 방치되고 있다면, 내 마음을 한 번 들여다볼 것.

——————————— ——————————————————————— *1-12*

제 자 리

가만히 있어도 머리가 지끈거릴 정도로
복잡했던 나날이 지나고
겨우 한숨을 돌렸다.

토요일에는 아침 일찍 일어나 필름 한 롤을 챙겨 집을 나섰다. 어깨가 욱신거리고 다리도 뻐근했지만 왠지 마음만은 가뿐했다. 이른 시간이라 아직 문을 열지 않은 스튜디오에 필름을 맡겨 두고 아르바이트를 하러 갔다. 일을 마치고 집으로 돌아와 남은 일과 내내 침대에서 뒹굴뒹굴했다. 바쁜 일이 끝나면 미친 듯이 잠을 자야지 결심했지만 막상 자려니까 잠이 안 와서 계속 그렇게 뒤척이다가 결국은 자정이 넘어서야 잠이 들었다. 다음 날도 오전부터 바삐 움직였다. 그동안 미루어둔 모든 집안일을 해결할 시간.

겨울 이불은 반듯하게 접어 옷장에. 책상과 바닥을 가리지 않고 여기저기 널브러져 있던 A4 용지는 재활용함에 넣었다. 방 안 곳곳에 수북이 쌓인 지우개 가루를 털어낸 후 빨래하고, 널고, 개고. 청소기를 돌린 자리는 물걸레로 깨끗이 닦았다. 밀린 설거지도 말끔하게 마쳤다. 오랜만에 좋아하는 음악을 틀어둔 채 집 앞 빵집으로 향했다. 프랑스 정통 빵집으로 크루아상이 단연 일품인 집이다. 매장이 전국에 손꼽을 만큼 적다는데 코앞에 매장이 있으니 운이 참 좋기도 하다.

가게가 보이지 않는 멀리서부터 고소한 빵 냄새가 진동했다. 커다란 유리창 너머 갓 구운 빵이 진열되고 있었다. 짙은 갈색 테이블은 작지만 참 깔끔했다. 매일 이곳에서 아침을 먹는 우아한 일상이면 좋을 텐데. 하지만 베베와 함께 들어올 수 없으니 참을 수밖에. 커다란 크루아상 네 개와 딸기잼을 산 뒤 얼른 집으로 돌아왔다. 현관문을 열자 틀어둔 음악이 확 밀려 나왔다.

배가 고파 당장 포장을 뜯고 싶었지만, 그전에 얼른 씻기로 했다. 빠르게 샤워하고 머리는 대충 수건으로 털었다. 축축과 촉촉의 중간 정도 되는 머리카락과 내가 좋아하는 향의 보디로션은 기분을 최상으로 끌어 올려 주었다.

서큘레이터를 아주 약하게 틀어두고 테이블 앞에 앉았다. 전자레인지에 10초 데운 크루아상과 모카포트로 끓인 커피를 준비했다. 바람이 나를 지나 커튼에 닿자 커튼이 살랑살랑 흔들렸다. 그 사이로 커피의 하얀 김이 모락모락 퍼져 나갔다. 그래, 드디어 다시 내가 좋아하는 집으로 돌아왔다.

몇 주간 바쁘고 피곤하다는 핑계로 끼니 때마다 편의

점 도시락이나 라면을 먹었다. 치킨 같은 배달 음식에 맥주를 마신 날도 허다했다. 거기에서 나온 플라스틱과 캔 등으로 재활용함이 금세 가득 찼는데 그걸 며칠 내내 방치했다. 자극적인 음식을 먹고, 정리와 청소는 나중으로 미루고, 시간이 날 때마다 잠을 자고. '힘든데 이렇게 살면 좀 어때. 매일 스트레스가 얼마나 심한데 이 정도는 괜찮지 않나?'하는, 될 대로 되어라 심보.

내키는 대로 지내는 생활이 스트레스를 조금이나마 풀어줄 거라고 생각했는데 오히려 그 반대였다. 집 앞 빵집에서 산 빵으로 번거롭게 아침을 준비하고 오후 내내 집을 쓸고 닦는 게 이렇게 즐거울 수가 없다. 이제야 제자리로 돌아온 느낌이다. 나를 되찾은 그런 느낌.

냄 새 에 도

온도가 있다.

집의
의미

세탁소 앞을 지날 때 맡던
포근한 향기가 집 안 가득
은은하게 퍼졌다.

'삶음' 모드로 열심히 돌아가고 있
는 세탁기에서 나는 건지, 열린 창문을 통해 정말 1층 세
탁소에서 올라오는 건지 모르겠지만, 아무래도 상관없
었다. 건조대에 널려 바싹 마른 침대보를 걷고, 방금 막
세탁이 끝나 축축한 옷가지를 새로 널었다. 내가 좋아하
는 섬유 유연제 향기가 집 안을 가득 채웠다. 환기를 시
키는 김에 청소기를 밀고 걸레질도 했다. 괜스레 콧노래

가 나온다. 침대보를 씌우면서 매트리스를 뒤집었다. 하
얀 솜덩어리에 베갯잇까지 씌우고 냉큼 침대에 누웠다.
아주 탄탄하니 매트리스를 새로 산 것만 같았다.

　고작 2박 3일. 일본으로 잠시 여행을 다녀왔을 뿐인데
집을 1년은 비웠다가 돌아온 것처럼 반가웠다. 요란하게
돌아가던 세탁기가 꺼진 실내는 아주 고요했다. 한쪽에
서 불어오는 선풍기 바람이 간간이 귓속으로 들어올 때
에만 시원한 바람 소리가 났다. 햇빛은 누워 있는 나를
가만히 감쌌다. 아침부터 마음이 마냥 가벼운 날이었다.

　늦은 점심. 밥솥에서 삑삑 소리가 났다. 밥솥을 열고
김이 모락모락 나는 뜨거운 밥을 그릇에 담았다. 갓 지
은 밥이라 알알이 윤기가 흘렀다. 고소한 밥 냄새가 입
에 침을 고이게 했다.

　여기저기서 모은 내 취향의 물건들이 식탁에 모였다.
여행지에서 산 커트러리와 다이소에서 2천 원을 주고
구입한 식기. 영국에서 산 일본 냄비. 무인양품의 반찬
통. 브랜드는 제각기 달랐지만 함께 놓고 보니 잘 어울
렸다. 간단하게 밑반찬을 꺼내고 식탁에 앉았다. '아, 집
이구나'라는 생각이 스쳤다. 작은 그릇에 반찬을 담고

밥을 먹는 것조차도 이곳에서는 행복이 된다.

질풍노도의 십 대 시절. 나는 내 방을 가져본 적이 없었다. 나는 동생이 두 명. 방 세 개짜리 아파트에서 안방을 제외하면 우리에게 허락된 방은 두 개. 결국 나랑 여동생이 방을 같이 쓰고 작은 방은 남동생 차지였다. 어릴 땐 2층 침대를 썼고, 크면서는 그냥 매트리스를 나란히 놓고 생활했다. 침대도 나란히, 책상도 나란히. 사생활이 있을 수가 없었다. 그 때문에 내 공간이나 내 방에 대한 애착도 전혀 없었다.

진정한 의미의 '내 집'이 생긴 후, 집은 나에게 다양한 의미를 가지게 되었다. 힘들 때 쉴 수 있고, 도망치고 싶을 땐 숨을 수 있고, 사랑하는 베베와의 아지트도 되고, 소소한 행복을 오래 기억할 수 있게 해주며, 지쳤을 땐 재충전할 수 있는 공간. 그리고 무엇보다 늘 그립고 돌아오고 싶은 곳.

밥을 먹은 후 커피를 마신다. 비닐 포장을 뜯고 곱게 갈린 원두가 들어 있는 드립백을 꺼냈다. 작고 촘촘하게 난 점선을 따라 쭉 뜯었다. 커피 향이 순식간에 퍼졌다. 생각보다 향이 진해서 기분이 더 좋아졌다. 주전자로 물

을 끓여 천천히 부었다. 무겁고 커다란 주전자는 전기
포트보다 몇 배나 늦게 끓지만 달그락거리는 소리가 좋
았다. 열어둔 창으로 들어오는 시원한 공기와 김이 나는
뜨거운 커피의 조합은 늘 최고였다.

　종종 곱씹어보면 절실히 돌아가고 싶은 순간은 늘 이
렇게 평범한 찰나에 불과했다. 일찍 일어나 부지런을 떨
며 차분히 가라앉은 새벽 공기를 쐬고. 실내를 포근한
빨래 향기로 가득 채웠다가, 곧 갓 지은 밥 냄새로 공기
를 치환하는. 투박한 반찬통에서 작고 예쁜 그릇으로 반
찬을 덜어 먹는다던가 예쁜 컵을 골라 커피를 내리며 느
끼는 작고 짧은 행복들.

　나는 내 집이 정말로 좋다.

PART
2

만끽하는, 사계절

내 공간에서

∨

봄

혼자 산 지 햇수로 어느새 2년.
생각해 보니 이 작은 집에서
사계절을 모두 났다.

계절이 바뀌는 걸 몸소 느낄 수 있는 건 집 앞에 커다랗게 솟은 은행나무 덕분이었다. 앙상했던 가지에 어느새 파릇파릇 어린잎이 나고 꽃이 폈다. 벚꽃처럼 시선을 확 사로잡지는 않지만 집을 나섰다가 돌아올 때마다 조금씩 변하는 나무를 관찰하는 재미가 쏠쏠했다.

날씨가 풀리면서 가장 좋은 점은 아침부터 밤까지 두

터운 암막 커튼을 치지 않을 수 있다는 것이다. 겨울 내내 외풍을 막기 위해 창문 가득 붙여둔 에어캡을 속 시원히 떼고 회색빛 커튼을 걷으면 하얗고 얇은 속 커튼이 나왔다. 창문을 열기 위해 커튼을 치고 걷을 때마다 레일이 움직이는 소리가 선명히 들렸다. 차르륵.

겨울에 비해 집 안이 확연히 밝아졌고 실내복도 가벼워졌다. 그것만으로 몸도 마음도 한결 가뿐해졌다. 차갑고 건조한 겨울철 실내 공기 때문에 늘 목이 칼칼했는데, 어느 날부터 답답함 없이 눈뜨게 되었다.

혹독한 겨울을 난 동물들이 봄맞이 털갈이를 하듯 집도 겨울을 보내고 봄을 맞이할 때 일종의 털갈이를 한다. 두툼하고 어두운 겨울옷은 모두 옷장으로 직행. 늘어나기 쉬운 니트는 차곡차곡 접어서 높은 옷장 선반에 올렸다. 두꺼운 오리털 이불도 옷장에 잘 넣어두고, 가벼운 솜이불을 꺼냈다. 겨우내 덮었던 어두운 색 이불 커버도 깨끗이 빨아서 집어 넣고 밝은 색 커버로 대체했다.

그렇게 옷을 갈아입은 집 전체의 모습을 훑어보았다. 어제와 비교해도 색다른 느낌이다. 행거에 걸린 옷, 이불 두께와 색감이 달라졌을 뿐인데. 춥지도 덥지고 않은 이 시기에는 문을 열어놓고 생활하기 좋다. 물론 미세먼지가 심하지 않은 날 이야기이긴 하다. 여름엔 너무 덥고 겨울엔 너무 추우니 봄과 가을을 이용해 하루 종일 마음껏 신선한 바깥 공기를 집 안으로 들인다.

봄날에는 베베랑 긴 산책을 나가기에도 좋다. 베베를 안고 십오 분 거리의 호수공원으로 향한다. 커다란 호수를 따라 흐드러진 벚나무를 보면 정말 봄이구나 싶다. 사뿐거리는 발걸음으로 집에 돌아오는 길. 1층 슈퍼에 들르니 제철을 맞은 딸기가 한가득이다. 겨울에 먹는 딸기만큼 달지는 않지만 가격이 저렴해서 부담 없다.

며칠 내내 아침부터 신선한 딸기를 즐기다가, 날씨가 유독 좋은 날에는 플라스틱 통에 딸기를 가득 담아 집을 나선다. 베베와 둘만의 피크닉. 나무 그늘 아래 앉아 나는 샌드위치에 딸기를 후식으로 먹고, 베베는 간간히 딸기 조금을 얻어먹다가 선선히 불어오는 바람을 이기지 못하고 내 무릎에서 새근새근. 추운 겨울을 이겨내고 맞이하는 봄은 정말 보드랍고 간질간질하다.

여름

여름은 나와 내 집에 있어서
가장 인상 깊은 계절이다.

첫 집에 이사 왔던 계절이 바로 여름이다. 계약이 끝나 이사를 가게 될 계절 역시 여름이다. 한여름에 짐을 나르느라 얼마나 고생했는지 모른다.

오피스텔의 여름은 더욱 뜨겁다. 환기가 제대로 되지 않는 구조인 데다가 집의 한 면이 전부 통유리라 실내 온도가 바깥보다 높기도 했다. 버틸 수 있을 때까지는 선풍기로 더위를 쫓아냈다. 그러다가 기온이 정점을 찍는 8월이 되면 어쩔 수 없이 에어컨을 가동했다. 그렇지만 전기세가 많이 나오진 않을까 싶어 다음 달 관리비가 나오기까지 전전긍긍하는 날들이 이어졌다. 그래도 차가운 에어컨 바람을 맞으며 이불 속에 들어가 얼굴만 밖으로 내놓고 있는 짜릿한 기분은 포기할 수 없는 여름만의 즐거움이다. 에어컨 바람이 닿아 서늘해진 이불이 짧은 옷을 입어 드러난 살갗에 닿아도 차갑지 않다. 순식간에 잠들기 가장 좋은 순간. 그렇게 눈을 감고 누워 있으면 조금 전까지 땀을 흘리며 신경질을 냈던 게 민망할 정도다.

귓가에 끊임없이 들려오는 매미 소리와 저녁 여덟시가 다 되어가는데 여전히 훤한 바깥 풍경이 한여름이라는 사실을 상기시킬 뿐. 가끔 매미 소리가 지나치게 크게 들린다 싶어 창문을 보면 방충망에 매미 한 마리가 붙어 열렬히 울고 있었다. 베베는 마룻바닥보다 시원한 현관 타일에 뻗어 낮잠을 자는 계절. 냉동실엔 편의점 빙수나 아이스크림이 채워졌다 다시 비워졌다를 반복했다.

그러나 집에서 즐길 수 있는 여름의 진짜 묘미는 따로 있었다. 일단 해가 길어져 아침부터 저녁까지 빛이 잘 들어왔다. 혹시라도 이른 아침 빛이 잠을 깨울까 암막 커튼을 꽁꽁 치고 자는 사람이 하기에 적절한 말은 아니지만, 아무튼 나는 집 안 가득 밝은 빛이 들어오는 게 좋았다. 나의 동쪽 집은 채광이 썩 좋지 않았기에 해가 긴 계절을 마음껏 즐겨야 했다.

가끔 여느 직장인들처럼 오후 여섯 시쯤 일을 마치고 집에 들어오는 날도 있었다. 어두컴컴한 실내 대신 은은한 노을이 비치는 창이 나를 반기면 얼마나 기분이 좋던지. 그렇게 들뜬 마음은 친구에게 전화를 걸고 이제 막 퇴근한 친구를 만나 치킨에 맥주를 즐길 수 있게 하는 원동력이 되었다. 저녁엔 야외 테라스에 앉기 좋은 날씨라 베베를 데리고 갈 수 있는 식당과 카페도 많았다. 긴 여름동안 시원한 카페에서 더위를 피하는 것도, 저녁에 친구들을 만나러 밖에 나가는 것도 물리기 마련. 그럴 때 집에서 더위를 효과적으로 잊는 방법은 두 가지. 그 중 하나는 아이스커피를 마시는 것이다. 인터넷에서 보고 따라 해보았는데 어찌나 쉬운지 허무할 지경이었다.

기다란 유리컵에 얼음을 가득 채우고 우유는 그냥 마음 내키는 대로. 반쯤 부어도 좋고 더 많이 부어도 상관

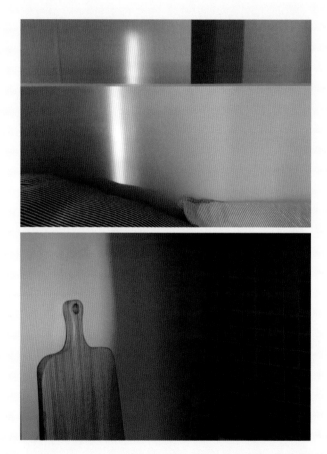

없다. 쩌억 하고 차가운 얼음이 갈라지는 소리가 포인트다. 나는 단 걸 좋아하니 연유도 듬뿍. 이제 모카포트에 원두와 물을 넣고 끓여 에스프레소 석 잔 분량의 커피를 추출하고 얼음 위에 살살 부어주면 완성.

얼음을 거쳐 조금씩 들어가니 우유와 섞이지 않고 위에 머물며 층을 이룬다. 카페에서나 보던 비주얼이다. 이렇게나 예쁘게 만들어놓고 마실 때는 잘 섞어야 한다니. 아쉬운 마음은 사진을 여러 장 찍어 간직하는 걸로 달랜다. 맛있고 예쁜 데다가 사진까지 잘 나오니 가끔은 하루에 두세 번씩 만들어 마실 때도 있다. 어떤 날은 집 앞 빵집에서 사온 샌드위치랑, 어떤 날은 비스킷이랑 즐기는 커피는 진정 여름날의 백미다.

내 여름 일상에 절대 빠질 수 없는 나머지 한 가지는 바로 비빔면이다. 나는 비빔면을 정말 좋아한다. 다른 라면은 잘 사 먹지 않는데 유독 비빔면만은 일주일에 몇 봉지씩 해치운다. 차갑게 씻어 꼬들꼬들해진 면발에 새콤달콤한 양념장. 가끔은 오이를 잔뜩 썰어 올리거나, 상추를 자잘하게 찢어 넣거나, 양배추를 넣기도 한다. 시원한 맥주를 곁들이는 것도 일품이다.

씻고 돌아서면 또 삐질삐질 흐르는 땀방울. 머리칼이 자꾸만 목덜미에 달라붙고, 에어컨을 켜도 습기는 좀처럼 가시지 않는 무더위. 그 끈적이는 하루의 끝에 먹는 비빔면과 차가운 맥주는 그야말로 완벽한 조합이다. 그 순간만큼은 여름이 사계절 중 최고로 느껴진다. 차가운 걸 잔뜩 먹고난 다음 날이면 오전 내내 배앓이를 하면서도, 며칠 후 언제 그랬느냐는 듯이 비빔면을 끓이고 차디찬 캔 맥주를 따는 나를 발견한다.

가을

나에게 가장 반가운 계절은 가을이다.
날씨가 선선하고 하늘이 푸른 이유도
있지만, 이 계절에만 선명하게 볼 수
있는 색이 있기 때문이다.

내 집에서는 늘 줄지어 늘어선 은행나무가 보인다. 오피스텔이 대로변과 가까이 있는 까닭에 가로수인 은행나무를 매일 보게 된 것이다. 사실 은행나무를 좋아하게 된 건 그리 오래되지 않았다. 가을을 제외한 세 계절에는 주변에 은행나무가 있는지도 몰랐다. 가을에만 잠깐 그 존재감을 확인할 수 있었는데 냄새가 지독한 은행 열매 덕분이었다.

　내가 다닌 대학은 오르막을 따라 은행나무가 줄지어 있었다. 멀리서 볼 땐 그 노란색이 참 예뻤지만 가까이 가면 특유의 냄새 때문에 얼굴이 절로 찌푸려졌다. 심지어 은행 열매를 제대로 밟기라도 하면 강의 시간 내내 고약한 냄새를 풍기게 되었다. 내가 은행나무를 좋아하게 된 건 순전히 커다란 창이 있는 이 집으로 이사를 온 덕분이다. 가을이 되자 창밖이 온통 노랗게 되었는데, 아침에 일어나서 밤에 잠이 들 때까지 집의 한쪽 면이 가을 색으로 은은하게 비치는 건 참 설레는 일이었다.

　가을이 되며 아침 공기가 서늘해졌다. 오전 아홉 시에서 열 시 사이. 실눈을 뜨고 손을 쭉 뻗어 흰 커튼을 살짝 걷어본다. 풍성한 은행잎이 시야에 가득 들어온다. 몸은 그대로 이불 안에 두고, 휴대 전화로 이 순간을 찍는다. 한 장, 두 장. 세 장…. 날씨가 좋으면 이런 작은 즐거움은 배가 된다. 일정도 없으면서 괜히 일찍 일어나 커튼을 활짝 걷고 창문도 연다. 가을 아침 공기가 들어온다. 은행 냄새도 은은하다. 이럴 때면 계절에 향기가 있다는 말이 이해가 간다.

　작년 한 해 동안 살았던 복층 집에선 창밖으로 건너편

건물밖에 보이지 않았다. 다시 동쪽 집으로 돌아오면서 가장 반가운 것 중 하나가 이 은행나무다. 어느 가을날. 카메라를 들고 베베와 산책을 나갔다. 베베는 바닥에 떨어진 은행 열매의 냄새를 맡고, 나는 위를 올려다보며 사진을 찍는다. 멀리서 볼 땐 보이지 않았는데, 나무 바로 아래 서서 자세히 보니 은행 열매가 옹기종기 잔뜩 매달렸다. 바닥에 떨어져 으깨진 모습과는 대조적으로 귀여운 열매들이었다.

아직까지 풍성한 나뭇잎 사이를 햇빛이 비집고 들어왔다. 잎이 바람에 흔들릴 때면 햇살 비치는 부분도 덩달아 이리저리 일렁였다. 그 아래 발 한쪽을 쭉 내밀어놓았다. 내 신발 위를 얼룩덜룩한 빛과 그림자가 덮었다. 그 찰나를 사진으로 남긴 다음, 이왕 밖으로 나온 김에 조금 더 걸었다. 가을 하늘다운, 구름 없이 청명한 하늘. 춥지도 덥지도 않은 적당한 날씨. 왠지 그런 날에는 나무들만 보며 걷게 된다. 원래 노란색을 싫어하는 나지만, 집 앞 은행나무의 노랑만큼은 매일매일 보아도 질리지 않을 정도로 좋다.

2-4

겨울

다시 추위가 찾아왔다.
얇은 창에서 서늘한 외부 공기가
고스란히 느껴진다.

얇은 솜이불은 옷장 제일 위 칸으로 집어넣고 두툼한 오리털 이불을 꺼냈다. 계절이 바뀌었으니 기분 전환도 할 겸 침구도 바꿨다. 봄여름과 가을 내내 입던 커다란 반팔 티셔츠도 당분간 안녕이다. 대신 긴팔에 긴바지, 겨울용 잠옷을 챙겼다. 웬만하면 도톰한 잠옷을 입고 양말에 슬리퍼까지 신고 생활하지만, 한파가 몰아쳐 추운 날에는 어쩔 수 없이 보일러를 켠다.

위잉 보일러 돌아가는 소리가 들리고 얼마 지나지 않아 방바닥이 따끈따끈해진다. 에너지 절약이나 관리비 절감도 좋지만 보일러는 정말 최고다. 매일매일 켜놓고 싶을 만큼. 바닥이 따뜻해지면 베베도 어디서나 잘 잔다. 전에는 굳이 침대 위로 올라가 극세사 담요 위에 몸을 동그랗게 말고 잤다면, 보일러를 틀어둔 날에는 방바닥에 드러누워 잠을 잔다.

따뜻함을 가장 잘, 오랫동안 느낄 수 있는 명당은 침대 앞에 깔아둔 러그. 오리털 이불을 몸에 두르고, 러그로 내려와 좌식 테이블 앞에 앉는다. 거기에 귤까지 있다면 더할 나위 없는 겨울날. 귤의 하루 권장량은 두 개라지만, 앉은 자리에서 다섯 개를 까 먹는다. 그러다 잠이 오면 그대로 바닥에 드러눕는다. 이불 덕에 폭신폭신. 베베도 내 옆에 자리를 잡는다.

창밖으로 겨울바람이 몰아치는 소리가 매섭게 들린다. 밖은 엄청 춥겠지. 이 날씨에 밖에 있는 내 모습을 상상하니 목과 어깨가 움츠러들어 뻐근한 느낌이다. 곧 상상 속 나를 지우고 현실로 돌아온다. 베베와 따뜻한 이불 안에서 꿈틀꿈틀. 새삼 정말 포근하다. 이 추운 겨울바람을 막아주는 든든한 둥지에 머무는 느낌.

낯섦에 적응하는 시간

이사하는 날

나의 첫 번째 집이자,
나의 대피소이자,
안락한 보금자리였던
4층 동쪽 집.
나는 오늘 그 집을 떠난다.

이곳을 나의 집이라고 부르기 시작한 후, 계절이 바뀌는 걸 여덟 번이나 봤다. 가능하다면 4층 동쪽 집에서 오래오래 살고 싶었다. 하지만 내 소유의 집이 아니다 보니 내 마음대로 되는 문제가 아니었다. 집주인은 내 의지와는 전혀 무관하게 집을 팔았다. 이 집을 산 사람은 전세 세입자를 원했다. 전세금을 낼 형편이 안되는 내가 이사를 가는 수밖에.

방을 빼기까지 한 달 정도 여유 기간이 주어졌다. 그러나 대학교 졸업반인 내가, 게다가 졸업 패션쇼라는 큰 행사의 총연출까지 맡은 내가 집을 알아보러 다니기엔 너무 짧은 시간이었다. 야속하게도 시간은 잘만 갔다. 2주 정도 남았을까. 주말에 시간을 내 집을 알아보러 부동산에 갔다. 중개업자가 처음 보여준 집은 멀지 않은 곳에 있는 복층 오피스텔이었다.

복층이라는 말을 듣고 복층의 단점들만 생각나 썩 내키지 않았다. 그래도 찬물 더운물 가릴 처지가 아니라 일단 보기로 했다. 아직 세입자가 살고 있던 터라 살림살이가 그대로 있는 상태였다. 일상에 젖은 듯 꿉꿉한 냄새가 나고 벽지가 노랗게 얼룩졌음에도 왠지 아늑한 집이었다. 내 집인 것 같았다.

그 자리에서 바로 계약을 하고 이사 업체를 예약했다. 계약금까지 내고 돌아오면서 뒤늦게 '너무 성급하게 결정해버린 건 아닐까? 채광도 확인 안 했고 주변 환경도 꼼꼼히 보지 않았는데'라는 생각이 들었지만 이미 지난 일. 첫인상이 좋았으니 그냥 그 집과 내가 인연이라 여기기로 했다.

집이 딱 정해지니 그 뒤로는 모든 게 일사천리였다. 방에서 집으로 옮기던 첫 이사와 달리, 이번엔 집에서 집으로 이사를 하는 터라 짐이 몹시 많았다. 학교 일이 바쁜 탓에 늦은 밤까지, 그리고 새벽같이 일어나 계속 짐을 쌌지만 살림살이가 언제 이렇게 늘었는지 싸고 또 싸도 끝이 없었다. 2년 전 이곳으로 올 땐 참 단출했는데.

이사 소식을 듣고 친구 두 명이 기꺼이 도우러 왔다. 반나절을 예상했던 이사는 생각보다 금방 끝났지만, 문제는 잔짐 정리였다. 박스와 비닐로 싸인 수많은 짐들이 제자리를 찾으려면 시간이 많이 필요할 듯했다. 걸어 다닐 수 있을 정도로만 길을 터놓고, 오늘 하루 고생해준 친구들과 술자리를 가지기로 했다. 집 앞 마트에 가서 냉동 피자를 사고, 소주와 맥주도 담았다.

냉동 피자를 데우려면 전자레인지가 필요했다. 아직 풀지 못한 박스 더미 사이에서 전자레인지를 찾았다. 일단 방 안으로 전자레인지를 급히 옮기고 코드를 꽂았다. 침대 바로 옆 방바닥에 전자레인지가 놓였다. 어수선한 상황인 데다가 집에서 신발을 신고 있으니 왠지 외국의 어딘가로 여행을 온 기분이었다.

나는 친구들에게 "여기 완전 유럽인데?" 하곤 웃었다. 친구들은 그런 내 말이 어이없다며 웃었다. 하루 종일 잔뜩 긴장했다가 드디어 긴장이 풀어진 베베는 우리가 웃건 말건 잠꼬대까지 하며 달콤한 잠에 빠져 있었다. 어찌나 곤히 자던지 가끔 허공에 발길질을 하며 나를 웃게 했다. 낯선 공기로 둘러싸여 있었지만 친구들과 베베 덕분에 포근하고 아늑한 새집에서의 첫날.

그러고 보니 2년 전의 내가 생각난다. 독립을 결심한 이후로 모든 게 다 생소하고 어렵게 느껴졌던 스물셋의 나. 그땐 막막함과 외로움으로 이사 첫날 밤 기분이 울적했는데, 한 번 겪어본 일이라고 익숙하다. 새로운 환경이라 아마 잠도 쉽게 오지 않을 거고, 정을 줬던 첫 보금자리를 떠나 자꾸만 싱숭생숭한 마음이 들겠지만 그때처럼 슬프진 않았다.

빨간색
변기 커버

왠지 담배 냄새가
나는 듯한 누런 벽지.
어두컴컴한 실내.
방 한구석에서
눅눅하게 마르고 있는 빨래.

처음 이 집을 보러 왔을 때 나는 아마도 남자 혼자 사는 집이 아닐까 짐작했다. 벽지 도배를 새로 해주는 조건으로 계약했기 때문에 살기 괜찮을 줄 알았는데, 정신없는 이사를 끝내고 짐 정리를 하면서 보니 구석구석 한숨이 나오는 곳이 많았다. 새카맣게 그을린 가스레인지. 더러운 개수대. 그중 최악은 빨간색 유광 변기 커버였다.

'많고 많은 변기 커버 사이에서 굳이 빨간색을 골라 사는 게 더 힘들겠네'라고 생각했다. 처음에는 '빨간색 이든 검은색이든 커버의 기능만 하면 되지'라는 마음이 었다. 그러나 집을 나갔다 들어올 때마다 현관 바로 옆 에 있는 화장실을 지나칠 수밖에 없었고, 열린 문 사이 로 새빨간 변기 커버가 자꾸만 내 시선을 뺏었다. 결국 일주일이 채 지나지 않아 하얀 커버를 주문했다. 이틀간 간절히 택배 기사를 기다렸다. 살다 살다 변기 커버가 도착하길 염원하는 날이 있다니.

택배가 도착하자마자 커버를 조립했다. 생각했던 것 보다 번거로운 일이었다. 변기 아래쪽에 있는 나사를 풀 고 다시 조이고. 이왕 화장실을 보기 좋게 바꾸는 김에 청소도 싹 하기로 했다. 입주 청소를 하지 않고 들어왔 기 때문에 위생 상태가 좋지 않았다. 아마도 처음엔 흰 색이었을 화장실 타일 사이사이 눈금은 회색이 되어 있 었고, 샤워 부스의 유리는 물때가 심하게 껴서 뿌연 불 투명 유리가 되어버렸다. 실리콘에도 곰팡이가 많았다. 가장 먼저 샤워 부스를 공략했다. 곰팡이와 물때 지우 기. 마트에서 초강력이라고 쓰여 있는 욕실 세제를 샀는데 엄청난 효과는 없는 듯했다. 하는 수 없이 힘을 실어 박박 문질렀다. 뿌옇던 샤워 부스 유리가 점점 투명해졌고, 얼룩덜룩 곰팡이가 피어 있던 실리콘은 제 색을 되찾았다.

환풍기를 켜고 문을 활짝 열었지만, 화장실을 가득 채운 락스 냄새 때문인지 목이 따끔따끔했다. 잠시 밖으로 나와 화장실을 향해 선풍기를 틀어두고 숨을 돌렸다. 하얗고, 밝고, 공포의 빨간 변기 커버도 없는 모습을 보니 이제야 내 집 화장실 같았다.

나를 위한 축하 파티.

새집에 온 걸 환영해.

환영
합니다

처음 이 집을 보자마자
'내 집이다'라는 생각이 들었을 정도로
마음에 들었다.
그럼에도 여전히 4층 동쪽 집이
몹시 그리웠다.

익숙한 것에 집착하는 성격 때문일까? 2년이 조금 넘는 시간 동안 내 모든 애정을 쏟아 부었던 집을 떠나오자 괜스레 공허하고 외로웠다. 괜히 잘 살고 있던 집에서 쫓겨난 것 같은 상실감도 들었다. 매일 그런 복합적인 감정에 사로잡히면 혼자 잠들기 힘들었다. 그래서 이사 후 일주일가량 밤마다 친구들을 불렀다. 친구들은 갑작스러운 부름에도 한걸음에 내 집까지 달려왔다. 간단하게 과자에 맥주를 마시기도 하고, 분위기를 내자며 와인을 따기도 하고, 선물 받은 양주를 마시며 취하기도 했다. 그즈음 학교에서 큰일이 터졌다. 책임자였던 나는 심적으로나 물적으로나 힘든 나날을 보냈는데, 무거운 마음은 새벽이 되도록 나눈 친구들과의 대화에 차츰 풀어졌다.

일이 없던 어느 주말. 마음먹고 집 정리를 시작했다. 미루어온 시간들이 무색하도록 집은 금세 깨끗해졌다. 옷이 땀으로 흠뻑 젖는 줄도 모른 채 상자를 나르고, 풀고, 접고. 쓰레기봉투 두어 개를 가득 채우고, 청소기를 돌리고, 걸레질을 하고. 그 모든 일을 끝낸 뒤 의자에 앉아 한숨 돌리며 시원한 맥주 한 캔. 생각할 겨를 없이 몸을 움직이니 스트레스가 확 풀렸다. 깨끗해진 집을 보고 있으니 뿌듯했다. 이제 정말 내 집 같다는 느낌도 들었다. 심지어 뭔가를 의욕적으로 해내고 싶어졌다. 집을 돌보니 내가 돌봐졌다.

온종일 수고한 나를 위해 오늘은 누군가를 초대하지 않고 나 홀로 자축하기로 했다. 집 근처 아이스크림 가게에 가서 내가 좋아하는 아이스크림을 한 통 사왔다.

빵집에 들러 케이크도 샀다. 초를 챙기는 것도 잊지 않았다. 집에 돌아와 친구들과 마시다 남은 와인을 꺼냈다. 초를 케이크에 꽂고 불을 붙였다. 거기에 스탠드만 켜니 분위기가 그럴듯했다.

조금 늦었지만 이제야 나에게 말해본다.

"바쁜 시간 짬을 내어 집을 알아보고, 혼자 계약하고, 이사를 치러내고, 정리를 마치느라 고생했어. 그리고 그 모든 일을 학교 일과 병행하느라 더 애썼어. 새집에 온 걸 환영해."

복층에
대한
로망

스물한 살쯤인가.
친구랑 몇 개월 정도 같이 살았었다.

15평짜리 복층. 말이 15평이지 전용률이 낮아서 실 평수는 7평쯤 되었으려나. 2층에는 둘이 잘 매트리스와 선풍기만 놓으면 끝이었고 1층에는 테이블과 티비만 두고 살던 작은 집이었다. 본가에서 짐을 다 빼온 것도 아니었고 내 이름으로 계약한 것도, 내가 마련한 보증금이 들어간 것도 아니었다. 엄밀히 말하면 독립이라고 볼 수 없었다. 아무튼 그것이 집이 아닌

다른 공간에서 살아본 첫 번째 경험이었다.

처음에는 복층 집에 대한 기대가 컸다. 당시 인터넷에서 본 복층 집은 모두 근사했기 때문이다. 2층에 매트리스를 놓고 벽에는 빔을 쏴서 영화를 봐야지. 1층 창가엔 테이블을 두고 햇빛이 좋은 낮엔 가끔 차를 마셔야지. 친구랑 번갈아가며 요리하고 같이 장도 보고. 밤에는 계단 난간에 걸터앉아 맥주를 마셔야지. 나의 행복한 상상은 그 집에 들어간 첫날 밤부터 와장창 깨지고 말았다.

말이 복층이지 허리도 제대로 펼 수 없을 만큼 낮은 천장은 정말 자는 것 말고는 아무것도 할 수 없었다. 알람 소리에 깜짝 놀라 벌떡 일어나기라도 하는 날에는 천장에 머리를 찧기 일쑤였다. 창문은 1층에만 작게 하나 있어서 위쪽으로는 바깥 공기가 잘 들어오지 않았다. 더워서 에어컨이라도 켜게 되면 차가운 바람이 모조리 아래층으로만 갔다. 친구와 나는 복층에서 잠을 잤기 때문에 여름밤에는 밤새 선풍기를 틀고 자야 했다. 그제야 나는 깨달았다. 복층이 여름엔 덥고 겨울엔 춥다는 말은 빈말이 아니구나.

그 후로 복층에 대한 로망을 모두 버린 줄 알았다. 처음 이 집을 보러 왔을 때도 내 집 같은 느낌이 들었지만 복층이라는 점은 마음에 걸렸으니까. 그래도 워낙 급하게 이사해야 하는 상황인지라, 복층은 그냥 큰 짐을 두는 창고쯤으로 써야겠다고 생각하며 계약서를 썼던 것이다. 그런데 막상 이사를 오고, 화장실부터 시작해서 하나둘씩 손수 꾸미다 보니 내 마음속 어딘가에 복층에 대한 로망이 여전히 남아 있음을 깨달았다.

왠지 복층을 꼬마전구로 꾸며놓고 좌식 테이블을 두면 친구들과 도란도란 둘러 앉아 술을 마시기 좋을 것 같고. 그렇지 않아도 좁은 1층에는 2인용 소파를 놓고 빔 프로젝터를 활용한 영화 감상에 도전해볼까 싶고. 집에 친구들을 초대하면 나는 1층 부엌에서 요리를 하겠지. 술을 준비하고 친구들은 2층 테이블에 앉아서 이런저런 이야기를 즐겁게 나눌 거야. 내가 완성된 요리와 술을 들고 계단을 올라 테이블에 놓아주면 맛있겠다며 호들갑을 떨 테고. 소파에 드러누워 커다란 빔 화면으로 영화를 보다가 그대로 잠드는 밤은 또 얼마나 행복할까.

내 원대한 바람을 듣자 친구들은 모두 손사래를 쳤다. "그 좁은 곳에 소파를 놓겠다고?"라면서. 아마 내가 마음에 들어 하는 소파 가격이 조금만 낮았더라도 나는 당장에 소파를 주문했을 것이다. 내 마음에 쏙 드는 물건이 없어서 몇 주 내내 온라인 쇼핑몰을 들락날락하는 동안 점점 열정은 식어갔고, 결국 현실과 타협했다. 2층에는 당장 입지 않는 겨울옷과, 쓰지는 않지만 버리기 아까운 물건들을 보관했다. 쉽게 말하면 창고.

시간이 지나면 다시 깨끗하게 정리하고 원래의 계획을 실행하려고 했는데, 점점 귀찮아졌고 결국 다시 이사를 갈 때까지 계속 창고로만 쓰였다. 통 올라가질 않아서 계단에 먼지가 쌓일 지경이었다. 그리고 복층에 대한 내 로망은 아주 깨끗이, 사라졌다.

끝에서
끝

복층이 여름엔 덥고 겨울에 춥다는 건
이미 잘 알고 있는 사실이었다.
그래서 나는 침대를 1층에 뒀다.

　　　　　　보통 복층에 사는 사람들은 1층에
책상과 소파 등을 놓고 2층에 매트리스를 놓는다. 하지
만 내가 볼 때 복층엔 단점이 꽤 많았다. 위층에 침대를
두었다간 고생할 게 뻔했다. 그래서 1층 창가에 침대를
두고 주로 아래층에서만 생활했다. 그럼에도 복층 집은
여름엔 더웠고 겨울엔 추웠다. 어째서 매년 여름엔 사상
최악의 더위가 오고, 왜 매년 겨울은 역대급 한파가 찾

아오는지. 자극적인 기사 제목에 더 이상 놀라울 것도 없었다.

해가 긴 한여름. 도대체가 해는 잘 들지도 않는 집의 실내 온도는 왜 그리 높게 올라가는 걸까. 아무리 창문을 열고 선풍기를 틀어놓아도 통 환기가 되질 않았다. 하는 수 없이 에어컨을 켜지만 다음 달 관리비가 걱정되었다. 나보다 체온이 높고 온몸에 털이 빽빽하게 난 베베에게는 여름이 더 고역이겠지. 한여름에는 에어컨을 틀어도 헥헥거리기 일쑤라 결국엔 수건을 찬물에 적셔 몸 위에 덮어주었다. 그러면 베베는 그 상태로 현관 앞으로 걸어가 차가운 타일에 털썩 누워 있곤 했다.

집에 있으면 너무너무 더워서 자주 근처 카페로 피서를 가기도 했다. 다행히도 애견 동반이 가능한 곳이라 베베도 함께 갔다. 거기서 이런저런 작업을 하고 과외도 하면서 한낮을 보내고 오면 그래도 살 만했다. 덕분에 카페 음료 쿠폰을 20개나 찍었다.

도무지 끝이 보이지 않는 무더위에 정말 여름이 가기는 할까 싶었는데, 계절은 한순간에 바뀌었다. 적당히 따뜻하고 적당히 건조한 가을을 채 만끽하기도 전에 벌써 겨울. 여름에 환기가 잘 되지 않아 실내 온도가 계속해서 높게 유지되던 걸 떠올리며, 혹시 겨울에도 똑같은 원리로 따뜻하지 않을까 했던 나의 실낱같고 바보 같은 희망을 비웃듯, 복층 집의 겨울은 정말 혹독하게 추웠다.

침대 옆에 있는 창으로 외부의 차가운 공기가 그대로 전해졌다. 이런 걸 외풍이라고 하는구나, 싶었다. 침대에 누워 이불을 덮으면 얼굴만 서늘했다. 두터운 암막 커튼을 꽁꽁 쳐두어도, 작은 틈새만 있으면 귀신같이 찬바람이 들어왔다. 커튼만으로는 그 기운을 막을 수 없어 결국 다이소에서 에어캡을 사와 창문에 붙였다.

에어캡에는 인기 있는 웹툰 캐릭터가 큼지막하게 그려져 있었다. 낮이고 밤이고 자꾸만 그 캐릭터가 보이는 게 영 거슬렸지만, 따뜻한 게 우선이라 그대로 둘 수밖에 없었다. 엄마는 에어캡 붙이는 걸 도와주면서 침대를 창가 말고 방 안으로 옮기라고 했지만 '창가의 침대'라는 로망을 포기할 수 없는 나였다. 멋을 위해 코트의 단추를 잠그지 않고 다니는 심리랄까.

정말 극한의 계절 체험이다. 매년 온도계의 끝과 끝을 왔다 갔다 하는 기분. 가뜩이나 기관지가 약한 나는 자

주 감기에 걸렸다. 아침에는 늘 목이 칼칼했다. 자는 내
내 차가운 바람을 들이마셔서 그런 거겠지. 나는 결국
현실과 조금 타협하기로 했다. 자는 동안만 매트리스를
옮기기로.

　　매일 밤 자기 전에 거실에 있는 테이블을 치우고 낑낑
거리며 매트리스를 바닥으로 내렸다. 침대가 낮아지니
베베도 올라오기 편했고 훨씬 따뜻했다. 어릴 때 여동생
과 방 하나를 같이 쓰며 바닥에 매트리스 두 개를 나란
히 두고 생활하던 기억도 떠올랐다. 매트리스 하나만 옮
겼을 뿐인데 뭔가 큰 변화를 준 것 같은 기분. 설렘과 어
색함에 잠 못 이루던 이사 첫날 밤처럼 알쏭달쏭한 기
분으로 잠자리에 누웠다. 사람들이 왜 그렇게 계절 따라
가구 위치에 변화를 주는지 알 것 같은 순간이었다.

3-6

엉망진창

그렇게 존재감이 강했던 더위도
어느새 한풀 꺾이고 9월이 되었다.

대학 졸업을 코앞에 둔 4학년 시절, 유독 정신이 없었다. 미대는 전 학년 내내, 1학기든 2학기든 과제가 많기로 유명한데 졸업반은 오죽할까. 모든 4학년은 9월 중순까지 두세 벌의 옷을 만들어야 했고, 나는 욕심에 네 벌을 만들고 있었다.

여름방학에도 내내 학교에 나갔기 때문에 9월이라고 해서 개강을 한다거나 새 학기가 시작된다거나 하는 두근거림은 없었다. 그해 2월부터 여름방학까지 계속 진행했던 졸업 패션쇼 연출로서 해야 할 일은 거의 마무리가 되었다. 이제 남은 건 옷을 제시간에 잘 만드는 것.

그 즈음 베베는 매일 나와 같이 학교에 갔다. 나는 학교에 남는 걸 싫어해서 어떻게든 여유 시간이나 공강에 과제를 모두 해치웠다. 그래도 해야 할 일이 남으면 한겨울에도 땀이 뻘뻘 날 정도로 빽빽한 만원 버스에 커다란 스케치북을 들고 타면서까지, 집에 가져가서 마무리했다. 그만큼 나는 한시라도 빨리 집에 가고 싶어 안달이 난 학생이었다.

그런데 4학년이 되면서 과제는 더 이상 내가 컨트롤할 수 있는 수준을 벗어났다. 거기에 패션쇼 스태프 회의, 4학년 회의, 업체 미팅, 교수님 면담 등을 틈틈이 해내야 하는 직책을 맡은지라 집에 일찍 가고 싶어도 갈 수가 없었다.

베베를 장시간 집에 혼자 둘 수 없었던 나는 교수님께 양해를 구하고 베베를 학교에 데려갔다. 매번 택시를 타야 해서 통장 잔고를 생각하면 마음이 쓰렸지만, 그냥 베베 덕분에 내가 몸 편히 간다고 여기기로 했다. 다행스럽게도 미대는 수업 분위기가 꽤 자유로운 편이고, 교수님을 포함해 같이 수업을 듣는 동기나 후배들도 베베를 퍽 예뻐했다. 학기 말이 되자 교수님은 베베의 출석도 부를 정도였으니까.

베베와 함께 수업을 듣고, 쉬는 시간에는 옥상이나 뒤뜰을 산책하고, 밥도 같이 먹고, 과제가 많아도 마음 편히 학교에 남아 새벽까지 마칠 수 있었다. 처음에는 바뀐 환경을 낯설어 하던 베베도 곧 복도를 제집처럼 뛰어다녔고, 수업 중에는 내 무릎에서 꾸벅꾸벅 졸았다.

실습실에서 새벽까지 원단 먼지를 마셔가며 수 시간 같은 자세로 앉아 옷을 만들었다. 온몸이 뻐근하다고 아우성을 칠 즈음엔 패션쇼 연출 일에 문제가 생기거나, 4

학년들끼리 의견 충돌이 생기는 등 까다로운 일이 생겼다. 그것들을 해결하느라 감정 소비를 하는 것 또한 힘에 부쳤다. 학교에 있는 시간이 점점 많아지면서 내게 집은 거의 씻고 잠을 자기 위해 들르는 공간이 되었다.

녹초가 되어 집에 돌아오면 현관부터 침대까지 뱀 허물 벗듯이 옷을 하나씩 벗어두었다. 부엌 구석에 둔 쓰레기봉투에는 날파리가 꼬였다. 환기를 언제 시켰는지도, 청소기를 언제 돌렸는지도 알 수 없었다. 설거지도 안 한 지 너무 오래.

몸과 정신이 너무 피곤하다 보니 집을 돌보는 일에 아무런 신경을 쓰지 않고 말 그대로 방치했다. 바쁜 일이 지나면 치워야지. 지금은 이렇게 저질러버릴래. 캔 맥주를 마지막 한 모금까지 탈탈 마시고 빈 캔을 구겨 싱크대에 그냥 올려두는 것. 그리고 귀찮다는 이유로 몇 날 며칠 그대로 내버려두는 것. 그건 스스로에게 부리는 투정이자 스트레스를 해소하는 방법이었다. 힘드니까, 집까지 돌볼 여력이 없으니까 이 정도는 괜찮아, 하는.

가만히
있다가도
문득

학교 졸업 전시 패션쇼가 끝났다.
패션쇼 이전의 며칠은
시간이 한없이 느리게 가더니,
이후의 며칠은 순식간에 사라졌다.

만족스럽게 패션쇼를 끝내고 주변
에서 우려했던 대로 나는 몸살에 걸렸다. 어쩔 수 없이
며칠간 과외 아르바이트를 잡지 않고 푹 쉬기로 했다.
패션쇼에서 받았던 수많은 꽃다발을 침대 주변에 겹겹
이 세워두고 잠자는 숲속의 공주 행세도 했다. 꽃이 시
들기 전에 정리를 좀 해야지 싶었다. 눈이 떠지는 느지
막한 시간에 일어나 꽃다발 해체 작업을 시작했다.

포장을 풀고, 잎을 떼고, 줄기를 사선으로 자르고. 집에 있던 화병을 몽땅 동원해도 꽃을 모두 꽂아두긴 부족했다. 창가에 하나, 침대 옆 협탁에 하나, 테이블에 하나, 식탁과 부엌에도 각각 하나씩. 그러고도 일곱 다발이나 남은 꽃은 말리기로 했다. 새집은 예전 집보다 빛이 잘 들어오는 편이라 물 담긴 화병이 예쁘게 빛났다. 바쁘다는 핑계로, 그다음에는 아프다는 핑계로 일주일 넘게 방치했던 집도 깨끗하게 청소했다.

아침으로 뭘 먹을까 하며 냉장고를 열었다가 어제 케이크를 두 판이나 받았다는 사실이 떠올랐다. 그래서 오늘 아침은 딸기생크림케이크. 일이 많은 날이면 밤 아홉 시가 되어서야 첫 끼니를 먹는 게 일상이지만 오늘처럼 여유로운 날은 평소에 귀찮았던 일을 잔뜩 해본다. 예쁜 테이블 매트 위에 또 예쁜 그릇을 올려 케이크를 담고, 아담한 모카포트로 커피도 내렸다. 식탁 대신 침대로 그릇을 들고 와 아침 햇살을 받은 커튼이 매력적인 창가에 올린다. 사진을 찍지 않을 수가 없다.

나는 이 일련의 과정이 정말 즐겁다. 뭔가 예쁜 걸 만들고 그 예쁜 모습을 사진으로 남겨두는 것. 그러고 나

서 그 풍경을 바라보는 것. 멋진 사진을 찍기 위해서는 주변 정리를 깔끔하게 해야 하고, 이불도 개야 하고, 청소도 해야 한다. 예쁜 아침 사진을 찍기 위해서는 실로 많은 일을 해야 되는 것이다.

빛은 시간에 따라 색깔도, 방향도 다르기 때문에 시시각각 변하는 집 풍경을 보는 재미가 있다. 그래서 밥을 먹다가, 의자에 앉아서 휴대 전화를 보다가, 샤워하고 나오다가, 베베와 산책을 다녀오다가, 혹은 그냥 아무것도 하지 않고 가만히 있다가도 문득문득 마주하게 되는 집 전체의 풍경이 정말 고요하고 예뻐서 가슴이 마구 뛰는 날들이 있다. 단지 잘 꾸몄다거나, 빛이 잘 든다거나, 머리카락 하나 없이 깨끗해서가 아니다. 이 공간을 구성하는 모든 것들은 내가 고민 끝에 고른 것들이라는 게 새삼 실감나는 까닭이다.

이날이 그런 날이었다. 오랜만에 몸을 움직였으니 '미루던 2층 대청소를 해보자!'라는 결심으로 몇 시간 동안 땀을 흘렸다. 정리를 마무리하고 아래로 내려오니 마침 아까 돌렸던 빨래가 다 되었다. 빨래 건조대를 펼쳐 이불을 널고, 그 방향으로 서큘레이터를 틀어두었다.

어느새 다섯 시가 다 된 시간. 노랗게 노을빛이 들어온다. 일정하게 팬이 돌아가는 소리가 조용히 들리고, 젖은 이불은 그 바람결에 팔랑거리며 섬유 유연제 향을 폴폴 풍긴다. 어디에서 들려오는지 모를 피아노 소리가 더욱 나를 설레게 하는 저녁 무렵.

보고만 있어도

행복해지는 집.

기록

보고만 있어도 행복해지는 집.
매일 순간순간을
사진으로 남기고 있지만
조금 더 생생하게 담을 수 없을까?

　　　　　이를테면 아침의 푸르스름한 빛부
터 대낮의 쨍한 빛과 해 질 녘 노란 노을과, 암흑 같은
밤까지 전부 담고 싶다는 생각. 그래서 나는 카메라를
들었다. 이번에는 사진이 아니라 영상이다. 몇 년 동안
사진에 관심을 갖고 다양한 카메라로 사진을 찍어왔지
만 그걸로는 부족했다. 영상이라는, 완전히 새로운 일에
도전하고 싶은 마음이었다.

집이 가장 아름답게 보이는 늦은 오후. 창가, 침대를 시작으로 2층에 올라갔다가 내려왔다가 하며 분주했다. 정적인 사진과 동적인 영상은 천지 차이였다. 내가 강조하고 싶은 것들을 훨씬 많이 담을 수 있었다. 이불이 바스락 소리를 내며 구겨지는 것과, 베베의 타닥타닥 발소리. 껐다 켰다 할 때마다 경쾌한 소리를 내는 조명이나, 햇빛 아래서만 보이는 공중의 먼지 같은 것들.

중학생 때부터 시작해 이미 10년 넘게 포토샵을 다루었고, 일러스트나 인디자인 등 어도비 프로그램 몇 개도 할 수 있었기에 동영상 편집을 위한 프리미어를 새로 배우는 것도 크게 어렵지 않았다. 혼자 블로그나 유튜브를 찾아보며 첫 영상을 몇 시간 만에 완성했다. 잠시나마 '생각보다 오래 걸리지 않는데?'라는 착각을 했다.

유튜브에 첫 영상을 올렸다. 한 달 만에 구독자 5,000명이 생겼다. 애초에 유튜버가 되겠다는 생각은 없었다. 기껏 만든 영상을 나 혼자 소장하고 있는 게 아쉬웠고 당장 생각나는 영상 공유 플랫폼이 유튜브인지라 업로드해본 것뿐이었다. 그런데 구독자가 늘어나니 왠지 꾸준히 영상을 올려야겠다는 책임감이 생겼다. 시간이 흐

를수록 재미도 있었고.

　일주일에 영상 하나 업로드. 그러나 취미가 아닌 일이 되다 보니 달라지는 게 많았다. 전에는 금방금방 완성했는데, 나중에는 영상 하나 편집하는데 시간이 서너 배나 걸렸다. 한 가지 일에 빠지면 끝을 보는 성격인 데다가, 일에 있어서는 스스로 만족할 수준으로 마무리해야 직성이 풀리는 부분적 완벽주의자라서 영상에도 욕심이 마구 생겼다.

　어떤 내용을 담을지 고민하고, 더 잘 찍고, 더 예쁘게 편집하고. 일주일은 순식간에 지나갔다. 그렇지만 그만큼 뿌듯했다. 내가 잘할 수 있는 것들을 모두 모아둔 게 영상이라 아직까지는 물 만난 물고기처럼 신나서 또 다음 주의 영상을 계획하고, 하루를 꼬박 투자해 영상을 편집한다. 그렇게 나는 또 하나의 직업을 가지게 되었다.

계 약 끝

1년간의 임대차 계약이 끝났다.

        몇 개월 전부터 계약이 끝나는 8월이 오기만을 손꼽아 기다렸다. 두 달 전쯤에는 부동산에 전화해 계약이 만료되면 집을 빼겠다고 말했다.

    지난 1년 동안 익숙한 것들의 소중함을 절실히 깨달았다. 익숙한 집, 익숙한 동네, 익숙한 풍경. 다음 이사는 기필코 예전 집으로 돌아가겠다고 몇 번이나 생각했다.

    내가 4층 동쪽 집이라고 부르던 첫 번째 집은 번화가

중심에 위치해 있었다. 그 당시엔 그게 그렇게까지 큰 장점인 줄 몰랐다. 늘 가까이에 있어서 별로 중요하게 생각하지 않았던 지하철 역, 빵집, 영화관…. 물론 이것들은 부수적인 이유고, 그곳으로 돌아가고 싶은 가장 큰 이유는 심리적인 것에 있었다. 나의 첫 번째 집. 내가 혼자 꾸미고 수리하고 가꾼 내 집. 가장 힘들었을 시기에 내 삶을 회복한 공간. 혼자 네모반듯한 천장을 보고 누워 했던 수많은 생각들. 나는 그런 것들이 그리웠다.

아침저녁으로 틈틈이 부동산 어플을 확인했다. 전에 살던 건물에 월세 매물이 나왔을까? 두 달이면 집을 구하기에 충분할 줄 알았던 예상과 달리, 아무 소득 없이 한 달이 훌쩍 지났다. 마음이 조급해져 그 건물 1층에 있는 부동산에 찾아갔다. 지금 매물로 나와 있는 집과, 앞으로 계약 완료 예정인 집 모두 방이 두 개짜리라고 했다. 그럼 예상보다 월세를 10만 원이나 더 내야 하는데. 게다가 구조가 달라지니 첫 집으로 돌아온 느낌도 들지 않을 것 같았다.

소득 없이 돌아가기 아쉬워 비슷한 집을 보기는 했지만 전부 마음에 들지 않았다. 어느 집은 너무 지저분했

고, 어디는 너무 낡았고, 어디는 또 너무 좁았다. 어떡
하지. 이사를 늦게 간다고 해야 하나. 아니면 거주 지역
을 옮겨야 하나. 집으로 돌아와 나는 다른 부동산 어플
을 하나 더 깔았다. 다른 매물이 좀 있을까? 그런데 웬
걸. 내가 그토록 찾아 헤매던 집이 올라와 있었다. 조건
도 재작년과 같았다. 해당 부동산으로 전화해서 확인해
보니 확실히 나와 있는 매물이 맞다고 했다.

　"제가 방금 그 옆 부동산에 다녀왔는데 거기선 제가
원하는 매물이 없다고 했거든요."

　"아, 부동산마다 계약한 집주인이 달라서 그래요."

　모든 부동산이 매물 정보를 공유하는 줄 알았는데, 그
게 아니라는 말이었다. 자기네는 그 옆 부동산과 정보를
공유하지 않는다고.

　나는 다시 집을 나섰고, 마침내 나의 첫 번째 집과 똑
같은 집을 만날 수 있었다. 높은 층수에다가 집 상태도
나쁘지 않았다. 어느새 세 번째 이사. 집을 보러 다니고
계약을 하는 것도 이제는 조금 익숙해진 듯했다. 이때
포인트는 많이 다녀본 척 하기.

　"벽지는 다시 해주시는 거죠?" 하고 물으니 "그럼요!"

하며 수첩에 메모한다. 천장에 등이 두 개 빠져 있는 걸 보고 있으니 조명은 LED로 새로 바꿔준단다. 마지막으로 화장실 점검. 변기 쪽 실리콘 마감이 많이 갈라져 있는 걸 지적하니 그것도 업체를 불러 보수하겠다고 했다. 일이 술술 풀리는 느낌.

"보증금 조정은 안 되나요? 보증금을 더 올리는 대신 월세를 좀 내릴 수 있을까 해서요."

"아, 사실 여기 전에 사시던 분도 500만 원을 올려서 3만 원을 뺐는데…."

잠시 집주인과 통화해보던 부동산은 이내 긍정적인 말들을 뱉으며 전화를 끊었다. 네, 네, 감사합니다 사장님.

"가능하시대요. 그럼 그렇게 보증금 올려서 계약하시는 걸로?"

나는 바로 부동산으로 내려가 계약서를 썼다. 사실 수중에 당장 500만 원은 없었다. 적금 300만 원을 깨고 200은 뭐 어떻게든 되겠지 하는 심산이었다.

계약을 하고 나니 마음이 가벼워졌다. 이제 더 이상 집 구하는 문제에 신경을 안 써도 되고, 한 달 뒤면 그토록 돌아가고 싶던 집으로 돌아갈 테니까.

붓이
지나간
자리

유튜브를 시작한 뒤
새로운 취미가 생겼다.
아크릴화 그리기.

예전부터 아주 가끔씩 그리곤 했는
데 어쩌다 그림 그리는 영상을 업로드하고 나니 반응이
꽤 좋았다. 그 후로는 두 달에 한 번꼴로 그리게 되었다.

내 주변에는 미술을 전공한 친구들이 대부분이다. 그
들에게 여전히 그림을 그리느냐고 물어보면 다들 몸서
리를 친다. 입시 미술에 너무 시달려서 이젠 캔버스를
쳐다보기도 싫다고. 나도 수채화를 취미로 선택했다면

시작과 동시에 관뒀을지도 모른다. 그런데 아크릴화는 수채화와 유화의 중간쯤에 있는 영역이라 장점이 많다. 물을 조절하지 못해도 괜찮고, 빨리 그리지 않아도 된다. 붓 관리를 세심하게 하지 않아도 되고, 틀리면 얼마든지 수정이 가능하며 금방 마른다.

열아홉 살. 창문 하나 없는 미술학원에서 하루 열두 시간씩 서서 기계처럼 그림을 그릴 때 제일 많이 들었던 말은 시간이 얼마 남지 않았으니 서두르라는 독촉이었다.

"두 시간 남았다···. 한 시간 남았다···. 십 분 남았다. 서둘러···."

4절지에 연필 밑그림부터 시작해 수채화로 채색을 하고, 마카로 밀도를 올리고, 색연필로 세부 묘사를 하기까지 허용되는 시간은 네 시간. 학교에 따라 3절지를 세 시간 반 만에 완성해야 하는 경우도 있었다.

지금은 그때와 다르다. 이젠 아주 천천히 그림을 그린다. 내가 그리고 싶은 풍경을, 내가 그리고 싶은 시간에, 그리고 싶은 만큼만. 물론 단시간에 집중해서 그리는 것만큼 완성도가 높지는 않다. 천천히 그리다 보면 몸도 마음도 늘어져서 오히려 대충 마무리를 하게 되고, 완성을 하지 않고 뒀다가 며칠 만에 다시 붓을 잡으면 처음 그릴 때 썼던 색을 찾는 데만 한참이 걸리기도 한다.

그래도 내가 원하는 속도로 천천히 그리면서 새로 알게 된 것도 많다. 새 물감을 짜는 소리와 거의 다 써가는 물감을 짜는 소리에도 큰 차이가 있다는 사실. 물과 물감이 충분히 스며든 붓이 팔레트를 치는 소리와 건조한 붓이 우둘투둘한 캔버스를 지나가는 소리도 들었다. 그 붓이 지나간 자리가 빛을 받아 얼마나 반짝이는지, 투명한 물병은 얼마 만에 탁해지는지를 보았다. 또 아크릴 물감은 수채화 물감과 다른 냄새가 나는 것도 뒤늦게 알았다. 물감이 손가락에 닿는 촉감도 달랐다.

즐겁게 그림을 그리기 위해 지켜야 할 몇 가지 전제 조건이 있다. 첫째. 흐린 날엔 그림을 그리지 않는다. 그런 날은 어쩐지 그림을 그리고 싶은 마음이 생기지 않는다. 하루 종일 흐려 기분이 처지는 날엔 그저 푹신한 침대에 누운 채 맛있는 걸 잔뜩 먹는 게 최고. 날씨가 좋은 날, 오후 두 시 쯤. 빛이 잘 드는 곳에 캔버스를 놓고 그림을 그리면 훨씬 더 좋은 기분으로 임할 수 있다.

둘째. 길고 가느다란 유리병에 담긴 물이 햇빛을 받아

반짝거리는 그림자를 만드는 것도 꼭 보고 시작해야 한다. 학원에 다닐 땐 매번 깊고 불투명한 노란색 플라스틱 물통을 썼다. 그땐 그저 책상 오른쪽 모서리를 차지하고 있는, 존재감 강한 노란 물통일 뿐이었다. 집에서 취미로 그림을 시작하면서, 물통으로 무엇을 써야 할까 고민하다가 눈에 들어온 게 유리병. 원래 용도는 꽃병이지만 이젠 내 물통으로 임명되었다.

물이 반쯤 담겨 있는 투명한 모습과, 붓이 물에 들어갈 때 표면이 일렁거리는 모습이 예쁘다. 붓 모를 잡아주고 있는 철제 부분이 유리에 닿아 맑은 소리를 내는 것도 좋다. 다시 한 번 느끼지만 역시 예쁜 것들은 기분을 최상으로 끌어 올려준다.

셋째, 그리고 싶은 것을 그린다. 너무나 당연한 말이라고 생각할 수 있지만, 그림을 계속해서 그리다 보면 이 당연한 말을 잊게 될 때가 있다. 나는 바다와 구름을 좋아해서 매번 바다 위에 떠 있는 구름을 그린다. 밝고 맑은 하늘보다는 노을이 지거나 희끄무레한 하늘이 좋다.

그렇게 그림을 하나둘 그리다 보면 너무 비슷한 게 아닐까, 조금은 색다른 걸 그려야 하나 하는 생각이 든다.

그래도 잊지 말자. 나 좋자고 그리는 그림이고, 내가 그리고 싶은 걸 그릴 때 가장 재미있다는 사실을.

PART
4

다시 만난 세계

익숙하지만 새로운,

∨

낯익은
것과
낯선 것

내가 그리워하던 곳으로
다시 돌아왔다.

모자란 보증금 200만 원은 끝까지 구하지 못했다. 어쩔 수 없이 엄마에게 빌리고 말았다. 생활비 대출 같은 게 가능할 줄 알았는데, 내가 직업이 없다는 걸 간과했다. 어쨌든 이사는 무사히 마쳤다. 전에 살던 집과 차로 십 분 거리인 데다가, 이미 익숙한 구조라 새로운 곳으로 이사한다는 설렘은 없었다. 하지만 내가 그리워하던 곳으로 다시 돌아왔다는 게 매우 기뻤다. 예전에 살아본 적 있으니 어떤 가구는 어디에 두고, 어떤 물건들을 꺼내두고, 어떤 물건들을 옷장 깊숙이 집어넣어야 하는지 착착 계산이 됐다.

그러나 낯선 것을 떠나 익숙한 것으로 돌아왔다는 생각과 달리 어느새 여기에도 낯선 것들이 생겼다. 좋아하던 빵집은 문을 닫았고, 집 앞에 있던 반찬 가게는 초밥집이 되어 있었다. 경비아저씨도 처음 보는 분으로 바뀌었다. 엘리베이터 안에는 생경한 광고 스크린이 생겼다.

지난 1년 동안 복층 집에 익숙해진 부분도 있었다. 그동안 베베와 자주 가던 카페는 걸어가기에 너무 멀어져 버렸다. 강아지와 함께 들어갈 수 있는 카페는 흔치 않기에, 그게 제일 아쉬웠다. 쿠폰도 많이 모았고, 아르바이트생과도 친해졌는데.

좁아진 집도 문제였다. 평수는 비슷하지만 예전 집은 복층형이라 실제로 1.5배는 넓었다. 갑자기 좁아진 집은 적응이 되지 않았고 수납공간이 확연히 줄어들어 갈 곳을 잃은 짐투성이였다. 자리가 있으면 짐이 늘어난다는 말이 무슨 뜻인지 몸으로 느꼈다. 다시 돌아온 집에서는 공간을 아주 효율적으로 사용해야만 했다. 짐이 모두 제

자리에 들어가기까지 시간이 필요했다. 쌓여 있는 짐을 보고 있으면 막막하기만 해서, 조급하게 생각하지 않기로 했다. 일단은 상자째 쌓아두고, 신발을 신고 집을 돌아다녔다. 평소라면 상상도 못할 일을 하니 뭔가 짜릿했다. 이런 게 미국인들의 삶인가.

엄마가 도와주지 않았더라면 나는 더 오랫동안 그 생활을 지속했을지 모른다. 짐 정리를 도와주겠다고 집까지 와준 엄마 덕분에 이사 사흘째 되던 날 짐 정리를 시작했다.

버리기
보다
남기기

많은 짐을 좁은 공간에
수용하기 위한 가장 좋은 방법은
짐을 줄이는 것뿐이다.

쓸모없는 것은 사지 않았다고 자부했는데, 나도 모르게 살림살이가 야금야금 늘었다. 특히나 부엌을 정리하려면 뭔가를 버려야만 했다. 밥솥과 전자레인지 등 덩치가 큰 가전제품은 당장 갈 곳이 없었다. 이참에 나는 미니멀리즘이라는 것을 실천해보기로 했다. 대학생 때 관련 교양을 들은 적도 있고 집에 미니멀리즘에 대한 책도 있었다. 하지만 즐거운 소비를 멈추기 힘들었다. 나는 점점 미니멀리스트와 멀어졌다.

지금이 미니멀리즘을 시작할 적절한 시기인 듯했다. 일단은 제일 문제가 많은 부엌부터 시작했다. 필요도 없으면서 예쁘다고 모은 그릇을 따로 빼냈다. 개중에 쓸 만한 것은 엄마가 가져갔고, 나머지는 분리수거함에 내놓았다. 구색을 갖춘다고 샀지만, 정작 한 번도 쓰지 않은 조리 도구들도 처분했다. 딱 내가 먹고 살 정도의 그릇만 남기니 작은 상부장에 여유 있게 들어갔다. 그동안 혼자 살면서 수저는 왜 그렇게 많이 두었는지. 필요 없는 그릇과 조리 도구를 더 이상 사지 않기로 결심했다.

다음은 옷장. 최근에 옷 입는 스타일이 크게 바뀌었다. 예전에 입었던 옷은 이제 거의 입을 일이 없을 것 같았다. 더 이상 입지 않을 짧고, 작고, 딱 붙는 옷들을 한곳에 모았다. 커다란 비닐봉투를 두 개나 채웠다. 무게도 상당했다. 예전엔 어떻게 이런 옷들을 입고 다녔을까.

쓰레기를 버리러 가면서 옷도 모두 헌옷 수거함에 넣었다. 큰 봉투 두 개를 탈탈 털고 나니 속이 시원했다. 앞으로는 옷다운 옷을 사기로 한다. 편하고, 유행을 타지 않고, 오래도록 질리지 않을 옷.

한가득 물건을 버리고 난 뒤에야 사람 사는 집처럼 보였다. 물건들은 제자리를 찾았고, 더 이상 집 안에서 신발을 신고 돌아다니지 않아도 되었다. 그 후로는 그날그날 작은 대상을 하나씩 정해 정리했다. 예컨대 침대 옆 철제 서랍이 눈에 띈 날에는 하루 동안 그 서랍 하나만 정리하는 것이다. 필요 없는 물건은 과감히 버렸다. 이때 필요가 없다는 기준은 '최근 1년간 사용한 적이 있는가'로 정했다. 비슷비슷한 물건이 너무 많을 경우에도 정리 대상으로 삼았다. 샤프심이 5통이나 있다거나, 포스트잇이 색깔별로 10종 가까이 된다거나. 항상 필요한 것만 갖추고 사는 줄 알았는데, 기준을 명확하게 정하고 정리하니 물건이 반 이상 줄었다.

추억을 보관하겠다며 몇 년간 버리지 못했던 보물 상자도 비웠다. 모두 나에게 의미가 있어서 모아둔 것들이었다. 처음 아르바이트를 하며 돈을 모으기 시작했을 때 너무도 뿌듯해서 간직했던 은행 명세표. 중학생 때부터 성인이 될 때까지 모은 각종 스티커 사진과 명함 사진. 소중한 사람과 주고받았던 편지. 다 써서 구멍이 뻥뻥 뚫린 옛날 통장 뭉치. 수능 볼 때 썼던 볼펜…. 모두들 추억이 새록새록 떠오르는 귀한 대상이지만, 그렇다고 평소에 꺼내는 일은 없었다. 이번처럼 버릴까 하고 고민할 때만 열어보게 되는 보물 상자라면 없어도 잘 살 수 있지 않을까.

나는 어느새 버리는 것에 중독되었다. 방 한구석에서 먼지 더께만 켜켜이 쌓고 있던 물건을 버렸을 때의 쾌감. 머릿속은 언제나 더 이상 버릴 건 없을까 하는 생각뿐이었다. 솔직히 진정한 미니멀리즘은 잊어버린 듯했다. 그때부터는 버리기보다는 남기기에 집중하기로 했다. 내가 어떤 물건을 버리느냐가 아니라 어떤 물건을 남기느냐에 초점을 맞추는 것이다. 말장난 같은 이야기지만 마음가짐은 확실히 달라졌다. 버리고 싶어서 대상을 물색

하기보다 남길 것만 남기자 마음먹으니 자연스레 버려
야 할 것이 버려졌다.

앞으로는 반드시 필요에 의해서 물건을 사자고 다짐
했다. 나에게 정말 필요해서 사는 건지, 집에 둘 곳은 있
는지, 시간이 지나도 계속 이 물건을 쓸 건지. 이제는 뭔
가를 사려고 할 때 많은 생각을 하게 된다. 충동구매도
물론 사라졌다.

미니멀리스트라고 자처하기에는 이제 막 발을 뗀 수
준이다. 하지만 분명 이 덕분에 세상을 보는 시선이 꽤
많이 바뀌었음을 느낀다. 적게 가진 삶이 작은 행복을
의미하는 건 아니니까.

빛을
관찰하는
시간

이 계절의 내 집은
오전 아홉 시에서 열 시 사이 그리고
오후 세 시부터 다섯 시까지 해가 잘 든다.
더 더워지면
해가 머무는 시간이 길어지고,
더 추워지면
오후 네 시부터 컴컴해지기도 한다.

커튼을 걷고 창문을 열면 빛은 더욱 강해진다. 길게 늘어진 빛은 집 구석구석까지 가 닿는다. 나란히 걸려 있는 옷걸이를 차례차례 훑기도 하고, 선반에 놓여 있는 유리병을 통과해 반투명한 그림자를 만들기도 한다. 공중에 날아다니는 베베의 털을 보여주기도 한다.

아무것도 하지 않는 날에는 집에 빛이 들어오는 것만 보고 있어도 시간이 잘 간다. 그렇다고 맑은 날만 좋은 것이 아니다. 빛이 들어오지 않은 시간들도 좋다. 해가 뜨기 전, 눈이 시릴 듯한 차가운 공기의 색도 좋다. 점심을 막 넘긴 시각, 특별히 빛나는 곳 하나 없이 담담한 집 안 풍경도 좋다. 밤에 노란색 조명을 켜고 영화를 볼 때나 자기 전, 모든 불을 끄고 창문으로 들어오는 희미한 빛에만 의지하는 것도 좋다.

내가 이렇게 내 집의 하루에 대해 줄줄이 꿰고 있는 건 애정이 있는 까닭이다. 빛이 들 땐 화분을 어디에다 놓고 일광욕을 시켜야 하는지, 언제 사진을 찍으면 예쁘게 나오는지, 몇 시까지 형광등을 켜지 않고 생활할 수 있는지. 매일매일 집을 관찰한다. 다른 곳은 몰라도 내

집만큼은, 그 어떤 전문가가 와서 기록하더라도 나보다
예쁘게 담을 순 없을 거라고 자신한다.

어느 날이었다. 나는 오후의 햇살이 현관까지 깊이 들
어오는 걸 보고 있었다. 문득 빛이 집으로 들어와 스치
고 지나가는 것들을 차례대로 쫓고 싶어졌다. 동쪽을 보
고 있는 나의 집은 사실 아침 말고는 해를 보기가 힘들
다. 그런데 마주하고 있는 빌딩이 온통 유리로 되어 있
어서 반대쪽에 있는 햇빛이 하루 종일 집으로 반사되어
들어온다.

빛은 가장 먼저 창문에 와 닿았다. 그중 절반은 커다
란 전신 거울에 부딪혔다. 거울을 맞고 나온 빛은 여러
가닥으로 갈라져 바닥에 퍼졌다. 반사되지 않은 굵직한
빛줄기는 카메라 선반, 베베의 밥그릇, 저 안쪽 부엌까
지 닿았다. 빛은 식탁 다리를 지나며 긴 그림자를, 반쯤
열린 세탁기 문을 통과하며 반짝반짝 반투명한 그림자
를 남겼다. 싱크대 위에 세워진 나무 도마 그림자는 왠
지 푸르스름한 빛깔로 보였다.

빛은 마법의 힘을 가졌다. 그냥 평범한 물컵도 비스듬
하게 들어오는 빛을 만나면 특별하게 보인다. 빛이 닿는

모든 물건의 색이 생생하게 살아나고 심지어 스스로 빛을 발산하는 것처럼 보이기도 한다. 그것들에 나는 자꾸만 시선을 뺏긴다.

시간이 흘러 해가 움직이면서 빛이 들어오는 각도가 틀어진다. 조금 전에 빛났던 것은 그림자 속으로, 그림자 속에 있던 것은 밖으로 나와 새로운 그림자를 남긴다. 평소에는 마냥 하얗게만 보였던 벽 달력이 비스듬한 빛을 받아 오돌토돌한 질감을 드러내기도 한다. 빛을 관찰하는 행위는 내가 집 안에서 가장 즐겨 하는 취미다.

집 안에서 즐기는 취미 생활,

빛을 관찰하는 일.

초침
소리가
없는
하루

집에 시계가 없어졌다는 걸
며칠 만에 알아차렸다.
어느 날 문득 시각을 확인하려고
익숙한 방향으로 고개를 돌렸는데
시계가 없었던 것이다.
어디 갔지?

　　　　　　나 혼자 사는 집인데, 내가 시계를
옮긴 적은 없고. 그렇다고 벽시계가 어디로 증발할 리도
없었다. 혼란에 빠져 있다가 한참 만에야 커다란 거울
과 벽 사이, 어두컴컴한 방구석에서 시계를 찾았다. 벽
에 못을 박기 싫어서 전신 거울 위에 비스듬히 기대어둔
게 미끄러져 떨어진 모양이었다. 유리로 된 시계였는데
다행히 유리가 깨지진 않았고 초침이 빠져 있었다. 다

시 끼워보려고 해도 연결 부위가 잔뜩 찌그러져 쉽지 않
았다. 떨어진 것도 며칠 만에 알아차릴 정도였으니, 당
분간 벽시계 없이 살아도 괜찮겠지. 휴대 전화로 시각을
확인할 수 있으니까.

　나는 미련 없이 고장 난 시계를 버렸다. 하지만 든 자
리는 몰라도 난 자리는 안다고, 막상 집에 시계가 사라
지자 빈자리가 느껴졌다. 시계의 초침 소리가 그렇게 컸
던가. 하루 종일 째깍거릴 땐 느끼지 못했는데, 집 안이
고요하니까 뭔가 어색했다.

　그 후 며칠은 들르는 곳마다 유심히 시계만 보았다.
어떤 시계를 새로 사지? 생활용품 가게나 마트에 들렀
을 때도 시계 코너를 제일 먼저 갔다. 그다음 며칠은 귀
찮아졌다. 마음에 딱 드는 시계가 없었고 지속적으로
더 알아보기도 번거로웠다. 조금 허전하다는 이유로 마
음에 들지도 않는 시계를 사고 싶지 않았다. 그래서 나
는 시계 구입을 무기한으로 미뤘다. 그다음 며칠은 벽
시계 없는 일상에 적응이 되었다. 나는 더 이상 시각을
확인할 때 거울 위 텅 빈 벽으로 고개를 돌리지 않았다.
대신 휴대 전화를 보거나, 탁상 위 알람 시계로 눈을 돌

렸다. 익숙해지니 이렇게도 살 만했다.

시계가 바닥에 떨어진 그날 이후 집에 진짜 시계는 없다. 분초를 다투는 일을 하는 사람은 아니기에 정확한 시각을 몰라도 잘 살고 있다. 날이 밝으면 깨고, 배가 고프면 밥을 먹고, 어두워지면 불을 켜고, 졸리면 잠을 자는 내 마음대로의 삶.

추억이 담겨

더욱 특별한 것.

추억이
깃든
물건

내 집에는 특별한 사연이 담긴
물건이 많다.
앞서 말했듯 여행지에서 기념품으로
생활용품을 사기 때문이다.

부엌에서 늘 눈에 띄는 자리를 차지하고 있는 붉은 나무 도마는 덴마크에서 왔다. 어디서나 흔하게 볼 수 있는 밝은 노란색 도마들과 달리 어두운 붉은 계열이라 마음에 들었다. 요리할 때 쓰기엔 너무 작고, 빵이나 디저트를 올려두기에 딱 좋은 크기다.

몇 년 전, 코펜하겐의 한 작은 편집 매장에 들어갔을 때의 충격이 아직도 생생하다. 출입구를 제외하고 나머지 삼면을 가득 채우고 있는 물건이 모조리 예뻤다. 물론 북유럽이라는 명성에 걸맞게 그 모든 게 비쌌고. 무얼 사야 가장 만족스러울까. 고민에 고민을 거듭하다가 첫눈에 반한 나무 도마 두 개와 검은색 무광 커트러리 한 세트를 구입했다.

영국에서 사온 일본 주전자는 매일 한 번 이상 삐 소리를 내며 끓는다. 아침을 깨우는 뜨겁고 진한 커피를 위해. 오후에 몸과 마음을 풀어주는 따뜻한 차 한잔을 위해. 어느 추운 겨울엔 차가운 손을 녹여줄 핫초코를 위해. 전기 포트에 비하면 너무 무겁고 물이 끓는 속도도 더디지만, 나는 추억이 담긴 이 주전자가 좋다.

그래피티, 펍, 빈티지 숍. 스산한 분위기가 매력적인 영국 뒷골목에 혼자 덩그러니 자리해 있던 생활용품 가게. 건물 절반을 덮고 있는 초록색 타일이 어찌나 발랄해 보이던지 눈을 뗄 수 없었다. 문을 열고 들어가니 생각보다 협소한 내부에 손님이 바글바글했다. 세계 각국에서 온 다양한 제품들이 비슷하면서도 제각기 개성 넘치는 분위기를 풍겼다. 가게 주인의 취향이 확고하지 않다면 형성되기 어려운 분위기였다. 무언가 기념적인 걸

무조건 사고야 말겠다는 일념으로 납작한 냄비와 커다란 주전자를 주저하지 않고 골랐다.

계산대에는 부부처럼 보이는 두 사람이 있었다. 남자는 다른 손님과 한창 수다를 떨고 있었고, 여자가 손을 내밀어 내 바구니를 받았다. 여행자라고 말하니 종이로 겹겹이 포장해주며 나에게 "이 주전자 너무 사랑스럽지 않느냐"고 물었다. 여자의 얼굴에 설렘이 가득했다. 왜 그 가게가 그토록 확고한 분위기를 풍겼는지 알 수 있었다.

진심이 담긴 포장 덕분일까. 냄비와 주전자는 흠집 하나 없이 37일간의 여행 내내 캐리어 안에서 잘 견뎌주었다. 주전자는 손잡이가 몸통과 같은 재질이다. 뜨거워진 후에는 맨손으로 절대 잡을 수 없어서 매번 번거롭게 장갑을 끼고 들어야 한다. 어디에 내려놓을 때마다 무거운 뚜껑과 몸통이 부딪혀 철컹 하고 커다란 소리를 내기도 한다. 그 소리를 들으면 나도 그때 그 여주인처럼 웃게 된다.

일본 제품이라 비슷해 보이는 걸까? 교토에서 산 원두보관 용기도 얼핏 보면 주전자와 생김새가 닮았다. 하얀 법랑 재질에 모서리가 둥근 사각형.

처음 혼자 하는 여행인데 마음껏 사치 좀 부려보자 하

고 어느 카페에서 텀블러와 원두 보관용 컨테이너를 사고 유료 좌석에 앉았다. 유명한 카페인만큼 커피 맛은 훌륭했다. 그런데 컨테이너에 큼지막하게 그려진 그 카페 로고를 보고 있으면 그날 그곳의 커피 맛보다는 내가 하염없이 바라보았던 카페 건너 강 풍경이 떠오른다. 저렴한 티켓을 공략하느라 비행 일정에 맞춰 5박 6일을 혼자 교토에 있으면서 나는 진정한 여행은 노는 것도, 쉬는 것도 아닌 일상에서의 해방이라는 것을 절실하게 느꼈더랬다.

스페인에서 사온 모카포트가 내 기분을 얼마나 좋게

만들어주는지는 자주 말해 입이 아플 정도다. 이 포트 덕분에 집에서 커피를 즐겨 마시게 되었으니까.

여행하며 산 물건이 아니더라도, 집 안에 있는 물건 하나부터 열까지 심사숙고하여 골랐다. 특히나 이케아에서 구입한 가구는 직접 조립하고 완성해서 그런지 가족과 함께 살던 시절과는 다른 애착을 느낀다.

몇 번이나 분노에 찬 소리를 지르며 달았던 전등. 학생 신분에 돈을 모아 큰맘 먹고 장만했던 첫 침구. 자꾸만 다리를 거꾸로 끼워서 몇 번이나 조이고 풀길 반복한 4단 선반. 가까이서 보면 덕지덕지 이음새가 보이는 현관의 시트지. 내가 집에 자꾸만 마음이 가고, 집에 의지하게 되고, 집에서 행복을 느끼는 건 이 공간을 이루고 있는 모든 사물에서 과거의 나를 만나기 때문이다.

한겨울의
티타임

찻주전자를 샀다.
왜 샀는지는 기억이 잘 안 나지만 아무튼
조금 갑작스러운 구입이다.
평생 차는커녕 커피에도
별 관심이 없었기 때문이다.

덩달아 잎차도 샀다. 카페에서 흔하게 볼 수 있는 차 이름을 검색했더니 자꾸 홍차가 나왔다. 그제야 홍차에도 여러 가지 종류가 있다는 걸 알았다. 또 잉글리시 블랙퍼스트나 얼그레이가 모두 홍차에 속한다는 걸 알고는 자못 놀랐다.

찻주전자와 얼그레이 잎차가 집에 도착함으로써 차를 즐길 준비가 끝났다. 상자를 열고 비닐 포장을 뜯으니

얼그레이 향이 물씬 풍겼다. 바스락거리는 포장지 소리, 티스푼으로 찻잎을 덜 때 서걱거리는 소리, 주전자의 물이 덜덜 끓는 소리, 쪼로록 하고 유리잔에 물이 채워지는 소리까지. 차를 마시는 것도 좋지만 일련의 과정에서 발생하는 소리가 더욱 좋았다. '다도'가 존재하는 이유를 알 것 같았다.

전에는 차의 이름을 외우기 어려웠고 맛도 다들 비슷하게 느껴졌는데 이제는 확실히 구별이 가능하다. 떫은 맛이 강한 얼그레이. 코와 목이 뻥 뚫리는 스피어민트. 강하지 않으면서도 독특한 향을 내는 캐모마일. 입이 개운해지는 페퍼민트. 구수함이 매력인 루이보스 등.

새로 알게 된 흥미로운 팁도 있다. 별 생각 없이 컵에 티백을 넣어두고 뜨거운 물을 부었는데 차를 좋아하는 지인이 말하길 그럴 경우 차 맛이 써지니 물을 먼저 담고 티백을 넣어 우려야 한다고 했다. 또 습관적으로 티백을 들었다 났다 하는 사람이 많은데 그것도 웬만하면 하지 않는 게 차 맛에 더 좋다고. 이미 다 말려서 완성품으로 나온 거라 어떻게 먹든 맛은 똑같을 줄 알았는데 차의 세계란 알면 알수록 섬세한 부분이 있었다.

어느 날엔 밀크티를 만들어보기로 했다. 만든다고 하기엔 거창하지만, 맑고 떫은 홍차를 탁하고 단 밀크티로 바꾼다는 건 나에게 굉장히 어렵게 느껴지는 일이었다. 우선 집 앞 빵집으로 가서 빵 몇 가지와 우유를 샀다. 얼 그레이를 짙은 갈색이 될 때까지 진하게 우리고, 거기에 우유를 부었다. 붉고 맑은 홍차에 흰 우유가 쏟아지는 찰나, 찻잔 안에 모래 폭풍이 이는 듯했다. 정말 아름다운 모습이었다. 너무 짧은 찰나라 아쉬운 마음이 들 지경이었다. 계속 보고 싶었지만 이미 탁해진 밀크티에 우유를 다시 붓는다고 해서 또 볼 수 있는 장면이 아니었다.

밀크티에 심취해 있다가 뒤늦게 빵 포장지를 뜯었다. 좋아하는 나무 도마에 빵을 예쁘게 담고 테이블에 올렸다. 첫 밀크티를 만든 오늘의 설렘. 한겨울에 손바닥으로 전해지는 따뜻한 온기. 그 순간을 사진으로 한 장 남기고 싶었다.

어디가 좋을까 두리번두리번. 그때 하얀 침대 프레임이 눈에 띄었다. 연이은 한파에 매트리스를 또 방구석으로 옮겨두었는데 그 덕에 하얀 침대 프레임만 덩그러니 창가에 남아 있었다. 사진을 찍기에 침대 프레임이 제격이라는 생각이 스쳤다. 현실을 보면 우습겠지만, 사진은 그럴듯하게 나왔다. 흰 배경에 나무 도마와 밀크티. 평소 가지고 싶었던 하얀 테이블과 하얀 벽에 대한 욕심을 이렇게나마 채울 수 있었다.

사진을 찍고는 방 중앙에 있는 좌식테이블로 다시 자리를 옮겼다. 매트리스에 걸터앉아 나만의 티타임을 즐겼다. 보일러가 채 돌지 않아서 차가운 바닥 대신 폭신한 침대에 앉아 무릎에 담요를 덮었다. 그 자세로 테이블에 올려진 빵을 먹고 있자니 갑자기 드는 생각. 일본의 코타츠가 이런 느낌일까?

밀크티는 맛있었다. 약간의 무게감을 더하기 위해 연유를 추가했더니 맛이 훨씬 좋아졌다. 카페에서 즐겨 먹던 맛을 집에서 이렇게나 손쉽게 따라 할 수 있다니. 같은 종류의 홍차라도 어떤 회사의 찻잎을 우리는지에 따라 밀크티의 맛도 많이 달라진단다. 다음에 영국 여행을 가면 유명한 브랜드의 잉글리쉬 블랙퍼스트를 사와야겠다고 다짐했다.

입안에 단맛이 오래 감돈다. 빵도 배부르게 먹었고, 아침부터 컨디션이 최고다. 창밖에서 바람 소리가 연신 웅

웅거린다. 제아무리 추위에 취약한 집이라지만, 이번 겨울은 정말 엄청나다. 어제는 잠깐 쓰레기를 처리하러 나갔다가 거세게 몰아치는 바람에 잠시 재난 영화의 주인공이 된 듯했다. 아직 온기가 남아 있는 찻주전자를 두 손으로 감싸며 오늘은 이렇게 하루 종일 집에서 시간을 보내야겠다고 읊조린다.

나를 위해

요리하는 시간.

잘
먹겠-
습니다

혼자 살기 경력이 늘면서
점차 시들해졌지만
나는 요리를 좋아한다.

　　　　　　엄밀히 말하면 요리 그 자체보다는
예쁜 그릇에 그럴싸하게 담아서 상을 차리는 일을 즐긴
다. 맛도 꽤 보장한다. 물론 팬에 볶음밥을 해서 그대로
식탁에 가져와 먹거나, 밥하기 귀찮아 즉석밥을 꺼내거
나, 반찬을 그릇에 덜지 않고 플라스틱 통째로 두고 집
어 먹는 날도 많다.

　그러나 며칠에 한 번만이라도 레시피를 보며 요리하

고, 팬에서 접시로 옮겨 담고, 그릇 아래 테이블 매트를
깔고, 갓 지어 김이 모락모락 나는 밥을 공기에 소복이
담는 적잖은 수고로움을 감수한다면 커다란 행복을 얻
을 수 있다. 오직 나를 위해 정성을 다하는 과정.

　날씨가 좋은 날에는 장을 보러 걸어가는 것도 즐겁
다. 커다란 광장을 가로질러 집에서 마트까지 십 분. 마
트 입구에서 커다란 카트를 하나 뺀다. 드르륵. 빈 카트

의 바퀴 소리가 경쾌하다. 미리 메모해온 목록을 참고하여 장을 보고, 그 외에 눈에 들어오는 재료도 담는다. 시간이 맞아떨어진다면 아주 싸게 할인하는 과일이나 빵을 발견할 수도 있다. 이렇게 장을 보고 있으면 내가 정말 독립했다는 기분이 강하게 든다. 나는 내가 먹여 살린다, 같은 뿌듯함?

무거워진 카트를 끌고 다시 출입구 쪽으로 간다. 셀프 계산대에서 물건들을 하나하나 스캔한 뒤 봉투에 넣는다. 야무지게 적립까지 마치고 다시 집으로. 친구들이 놀러 온다거나, 오랜만에 장을 봐서 양손 가득 봉투를 들게 되면 아무리 십 분 거리라지만 손이 아프다. 걷다가 잠시 봉투를 바닥에 내려놓고 쉬거나, 오른손과 왼손을 바꾸기도 하며 마저 걷는다.

제일 자주 해 먹는 요리는 파스타다. 오일파스타, 크림파스타, 토마토소스파스타. 파스타는 어떤 식으로 만들어도 맛있다. 다른 요리에 비해 과정도 매우 간단하다.

커다란 냄비에 물을 끓여 면을 삶는다. 소금을 약간 넣고 타이머로 칠 분. 그동안 프라이팬에 편으로 썬 마늘과 양파를 볶는다. 그냥 식용유도 좋지만 버터로 볶으면 향이 더 풍부해진다. 마늘 향이 나기 시작하면 팬 바닥이 찰박해지도록 올리브유를 잔뜩 두르고 소시지, 애호박, 방울토마토를 넣는다. 그날그날 냉장고 상황에 따라 재료는 추가되기도, 빠지기도 한다. 거기에 치킨스톡 1티스푼. 맛이 없을 수가 없다.

타이머가 울리면 적당히 삶아진 면을 팬으로 옮겨 소스가 잘 스며들도록 섞고, 조금 퍽퍽하다 싶으면 면수를 한 국자 정도 추가한다. 향도 좋고, 맛도 좋고, 보기에도 좋다. 빨간 토마토와 초록색 애호박. 거기에 윤기가 흐르는 노란 파스타 면. 오동통한 소시지는 별미. 엄마가 집에서 직접 만든 피클과 맥주를 곁들이면 완벽한 식사가 된다.

그럼 오늘도 잘 먹겠습니다.

홈카페

찻주전자 덕분에,
나는 차를 마시는 재미에
흠뻑 빠졌다.

종류별로 티백과 잎차도 주문했다. 평소 어렵게 느꼈던 것들도 막상 해보니 쉬웠다. 내 마음대로 잎차와 잎차를 섞어서 색다른 맛으로 즐기기도 했다. 덩달아 커피도 더 자주 마시게 되었다. 얼마 전부터는 커다란 선반 중 두 칸을 커피와 차로 채울 정도가 되었다.

홈카페 느낌을 내기 가장 좋은 시각은 오전 열 시에서

열한 시 사이. 너무 이르지도 너무 늦지도 않은 오전에 일어나 샤워하고, 커튼을 걷는다. 한껏 상쾌해진 기분으로 주전자에 물을 끓인다. 커다란 법랑 주전자가 천천히 끓는 동안 머리를 감싸고 있던 수건을 푼다. 축축한 머리가 샤워 가운에 닿는다. 드라이어로 머리를 어느 정도 말리고 나면 그제야 물이 펄펄 끓는다.

아침 메뉴는 거의 베이글. 이따금 집 근처 빵집에서 산 빵. 냉장고가 풍요로운 날에는 맛있게 구운 아스파라거스와 베이컨, 그리고 스크램블에그를 곁들인다. 이제 중요한 건 그릇 선택. 무엇을 어떤 접시에 담느냐에 따라 느낌이 달라진다. 색이 별로 화려하지 않은 베이글은 검정 줄무늬가 들어간 접시에 담는다. 커피와 함께 놓으면 나의 회색 테이블과 잘 어울리는 그림이 완성된다.

베이컨과 아스파라거스, 스크램블에그를 한꺼번에 한 날에는 밝은 하늘색 접시를 고른다. 재료의 화려한 색깔이 잘 살아나는 까닭이다. 비슷한 세팅이 지루해지면 접시 아래 조금 큰 접시를 하나 더 놓기도 한다. 때로는 아예 빵과 유리잔을 나무 도마 위에 한꺼번에 올리기도 한다. 그릇 색에 맞춰 테이블 매트를 깔기도 하고, 색다른

느낌을 내고 싶으면 다양한 패턴의 천을 깔아본다.

달콤한 빵을 먹거나 베이글에 크림치즈를 발라 먹을
땐 커피를 내린다. 모카포트에 직접 끓이기도 하고, 드
립백이 있으면 컵에 드립백을 고정한 채 뜨거운 물을 천
천히 붓는다. 드립백에 물이 가득 채워지길 세 번. 향긋
한 커피 향이 온 집 안을 채운다. 여름에는 얼음과 우유
를 꺼내 아이스라테를 즐겨 마신다. 맛도 있고 보는 재
미도 쏠쏠하다. 기다란 유리잔에 얼음을 가득 채우고 차
가운 우유를 붓는다. 보편적인 비율이 있겠지만 홈카페
에서는 내 마음대로다. 모카포트로 끓인 에스프레소를
얼음 위에 살살 부어주면 커피가 우유 위에 떠서 층이
생긴다. 섞어 마시기가 아까울 정도로 예쁘다.

커피가 떨어지면 잎차를 꺼낸다. 시간이 없을 땐 티백
만큼 편한 게 없지만 여유로운 아침에는 잎차도 괜찮다.
촘촘한 망에 찻잎을 넣고 뜨거운 물을 부으면 쏴아 소리
를 내며 차가 우러난다. 차를 마시는 동안 몸의 긴장이
풀리고 편안해진다. 차는 아침에 마셔도 오후에 마셔도
저녁에 마셔도 늘 좋다.

목이 아프거나 만사가 귀찮은 날에는 가을에 잔뜩 만들

어둔 청을 꺼낸다. 청귤청, 모과청, 유자청, 레몬청…. 유리병에서 한 스푼을 크게 덜어내고, 거기에 뜨거운 물만 따라주면 끝이다. 설탕과 과일이 일대일 비율로 들어갔기에 상당히 달다. 덕분에 한 잔을 금세 비우고는 두 번, 세 번 우려 먹어도 여전히 단맛과 진한 향을 느낄 수 있다.

겨울에는 핫초코를 즐긴다. 하루에 두 잔씩 마시기도 한다. 대부분의 경우에는 핫초코 분말을 그냥 뜨거운 물에 타서 마시지만, 기분을 내고 싶은 날에는 작은 거품기를 꺼낸다. 건전지 하나만 넣으면 작동하는 전동 거품기다. 분말을 뜨거운 물에 미리 타놓고 우유를 데운다. 60도 정도가 거품을 내기에 좋다. 위잉, 쫀득한 우유 거품이 완성되면 컵에 담는다. 그리고 컵의 가장자리를 따라 미리 타둔 핫초코를 살살 부어주면 우유 거품이 마치 빙하처럼 핫초코 위로 두둥실 떠오른다. 핫초코 위에 거품을 그냥 올려도 되겠지만, 떠오르는 모습을 보기 위해 귀찮더라도 이렇게 한다. 초콜릿이 있다면 칼로 잘게 썰어 우유 거품 위에 올려준다. 진짜 카페에서 팔아도 손색없을 듯한 핫초코 완성.

쉬는 날의 일상

프리랜서로 일하는
내게 휴일은 대중없이 주어진다.
평일이 될 수도, 주말이 될 수도,
공휴일이 될 수도 있다.
언제 일정이 빌지 나도 알 수 없다.
그냥 이틀 전까지 일이 안 잡히면
쉬겠구나, 하는 정도.

지난 몇 주간 부족했던 잠을 몰아서 자겠다는 생각으로 알람도 맞추지 않고 최대한 늦게 일어났다. 시각을 확인하니 오전 열 시 반. 오후 두 시까지는 잘 거라고 예상했는데, 머리가 아파서 눈이 떠졌다. 간밤에 일찍 잠자리에 들었다. 따지고 보니 열두 시간을 내리 잔 셈. 머리가 아픈 게 당연했다.

일단 암막 커튼을 걷었다. 눈부신 빛을 예상했는데 창

밖이 희멀건 게, 아무래도 날씨가 많이 흐린 모양이었다.
창문을 열고 잠시 환기를 시켰다. 예보에서는 미세먼지
수치가 나쁘다고 했지만 실내의 무거운 공기를 좀 내보
낼 필요가 있었다.

베베는 내가 일어나면 따라 일어나 옆에 앉는다. 내가
"베베 잘 잤어?"라고 물으면 기다렸다는 듯이 길게 기지
개를 켠다. 앞발과 뒷발 모두 쭈욱. 나는 그런 베베가 귀
여워서 등을 열심히 긁어주고, 베베는 시원하다는 듯이
발가락과 발톱 하나하나까지 더 길게 밀어낸다.

아침으로 베이글을 준비하기로 한다. 자취생에게 만만
한 메뉴. 냉동실에 있던 베이글 중 하나를 꺼내 전자레인
지로 해동했다. 띵, 경쾌한 소리와 함께 베이글이 알맞게
말랑말랑해졌다. 조금 수고스럽더라도 바삭한 베이글을
먹고 싶은 날에는 반을 잘라 토스트기에 넣는다. 하지만
오늘처럼 만사가 귀찮은 날에는 그냥 전자레인지로 한
번 더 가열해 쫀득한 상태로 먹는다.

오늘 고른 베이글은 플레인베이글이다. 냉장고에서 딸
기 맛 크림치즈를 꺼냈다. 물도 끓여서 커피도 내렸다.
베이글을 씹을 때마다 입안에서 쉴 새 없이 쫀득거리는

게 느껴진다. 크림치즈를 발라 달콤해진 베이글에 쌉쌀한 커피 한 모금. 매번 느끼지만 정말 환상의 궁합이다.

빵을 데우고, 물을 끓이고, 커피를 내리는 모든 과정 틈틈이 영상도 찍었다. 카메라 안의 피사체가 되었다가, 영상을 찍는 감독도 되는 건 여간 까다로운 일이 아니다. 영상을 찍다가 멈추고, 다시 자리를 옮겨서 찍고, 또 멈추고. 그냥 준비하면 십 분 안에 끝났을 아침상 차림도 영상을 찍으면 삼십 분을 훌쩍 넘긴다. 그래도 쉬는 날 이렇게 부지런히 찍어놓지 않으면 다른 날 두 배로 바빠지니 이편이 낫다. 시간 여유가 있으니 내가 찍고 싶은 대로 마음껏 찍을 수 있다는 장점도 있다.

그렇게 촬영하면서 아침을 다 먹으니 어느새 열두 시가 가까운 시각. 점심을 먹으려면 밥을 해야 한다. 텅 빈 밥솥을 꺼내 쌀 한 컵 반을 붓는다. 취사 버튼을 누르자 집 안에 구수한 밥 향기가 퍼진다. 밥이 될 동안 어제 널어두었던 빨래를 개고, 청소기를 돌리고, 걸레질도 했다. 사실 걸레질을 자주 하진 않는다. 하지만 청소하는 영상을 찍는 김에 다 해버렸다. 나는 가끔 엄마에게 농담조로 말한다. 영상이 나를 사람답게 살게 해준다고. 예전의 나였으면 열흘에 한 번 했을 청소를, 이제는 닷새에 한 번씩은 한다. 현관부터 방 끝까지 몇 발자국이면 닿는 작은 집 청소가 왜 이렇게 귀찮을까.

베베 밥을 챙기고, 장난감으로 신나게 놀아준 뒤 책상에 앉아 노트북을 열었다. 날씨가 좋으면 산책을 나갔겠지만, 미세먼지가 최악이라니 그냥 온종일 집에만 있어야겠다. 몇 시간 동안 영상 편집에 집중했다. 어떤 영상들은 한시라도 빨리 편집하고 싶어서 화장실 가는 것도 잊은 채 신나게 편집한다. 반면 또 어떤 영상들은 정말 진도가 안 나가서 몸을 배배 꼬며 꾸역꾸역 편집하기도 한다.

몰입해서 편집하다 보니 어느새 오후 두 시가 넘은 시각. 점심때가 이미 지났지만, 일하는 중간에 밥을 먹으면 흐름이 끊겨서 대게 이렇게 조금 늦게 먹는 편이다. 엄마 집에서 받아온 콩나물김칫국을 꺼냈다. 엄마표 국은 별다른 반찬 없이 밥만 곁들여 먹어도 꿀맛이다.

식사 후에는 낮잠을 잔다. 잠을 잔다기보다는 누워 있다는 게 더 정확한 표현이다. 뜨거운 베베를 꺼안고 이불 안에 들어가 베베의 숨소리를 들으며 눈을 감고 있으면 정말 행복하다. 이대로 시간이 영원히 멈춰도 좋을 만

큼. 한 시간 정도 누워 있다 보면 잠깐 선잠에 들기도 한
다. 하지만 대게는 베베를 쓰다듬고, 휴대 전화를 들여다
보고 실내가 어둑어둑해지면 그냥 일어난다. 암막 커튼
을 치고 조명을 켠다.

저녁 식사 후 입가심으로 뜨거운 차를 마시고 책상에
앉아 글을 쓴다. 내 옆의 노란색 조명만 이 집을 밝힌다.
이 불빛 아래서라면 겨울이든, 여름이든 포근한 느낌을
한껏 받을 수 있다. 이렇게 온전히 쉬는 날이 지나간다.
밖에 나가지 않았을뿐더러, 집에서도 움직임을 최대한
자제했다. 그렇지만 그 어떤 날보다 만족스럽고 뿌듯한
날이다.

집을 돌보니

내가 돌봐졌다.

나는
잘 살고
있다

평범한 날이었다.
눈이 떠지는 때에 일어나 밥을 먹고,
베베랑 뒹굴고, 산책도 다녀온.
그러다 문득 스스로가 대견하게 여겨졌다.

　　　　　사람마다 정신적으로 성장하게 되
는 계기나 시기가 모두 제각각이겠지만, 나의 경우에는
독립이었다. 단순히 혼자 사는 것 말고 기존에 누리던
물질적, 정서적인 것들로부터의 온전한 독립.

　내가 자취한다고 말하면 사람들 대부분은 본가가 지
방이냐고 물었고, 나는 십오 분 거리에 있다고 답했다.
그 대답에 대부분은 웃었다. 내 연령 대에서 보기 드문

일이니까. 비록 학자금 대출액을 갚는 게 까마득했지만 혼자 살면서 무사히 대학을 졸업했고, 월세도 꼬박꼬박 냈다. 그럴듯하게 자취방을 꾸몄고, 베베의 생활까지 책임지고 있다. 그동안 일도 쉬지 않았다.

자취를 시작하고 1년 정도는 엄청나게 힘들었다. 앞으로 계속 이렇게 치열하게 살아야 한다는 사실에 막막했고, 대학 동기들과 비교하며 억울함이나 열등감을 느끼기도 했다. 당시 내 마음에 가득 찼던 감정들은 대부분 분노와 미움 같은 부정적인 것이었다. 그것이 자꾸 내 정신을 잠식했다. '사는 것'과 '살아지는 것'은 매우 다른데, 나는 오랫동안 내가 살아지고 있다고 느꼈다. 내 의지로 사는 게 아닌, 존재하기 때문에 살 수밖에 없는 삶. 그저 시간이 이끄는 대로 따르는 삶.

그런 내가 어떤 계기로 이토록 사소한 것에서 행복을 찾게 되었을까. 불행하다고 느끼기 시작한 지점은 확실한데, 행복하다고 느끼기 시작한 지점은 희미하다. 이제 나는 나를 조금 더 알게 되었다. 내가 어떤 취향을 가지고 있는지, 어떤 생활 습관이 어울리는 사람인지, 어떤 생각을 많이 하는지, 어떤 일을 잘하고 어떤 일을 못하는지.

예전에는 이미 자신의 영역이 확고한 다른 사람을 보며 나만의 색을 가지고 싶어 전전긍긍했다. 그것은 억지로 노력해서 얻을 수 있는 게 아니었다. 타인 대신 나에게 초점을 맞추고 좋아하는 것을 꾸준히 하다 보면 자연스레 묻어나는 것이었다. 그동안 나는 혼자 산다고 말했지만, 결국은 스스로를 들여다보며 내 안의 나와 함께 살아온 게 아닐까.

어쨌든 시간이 모든 것을 해결해준다는 말은 대부분의 경우에 옳다. 작은 것에 만족하는 하루하루가 쌓여 일주일이 되고, 한 달이 되고, 1년이 되었다. 이제 내 안에는 부정적인 감정보다 긍정적인 감정이 많아졌다.

집 안을 찬찬히 바라보았다. 어디 하나 나의 손이 닿지 않은 곳이 없다. 디퓨저에서는 내가 좋아하는 향이 그윽하게 풍기고, 식기는 친구들이 자주 놀러오기 때문에 혼자 사는 사람 치고 많은 편이다. 내가 자주 가는 브랜드의 물건이 곳곳에 놓였고, 방 한편에는 내 생각과 닮은 책들이 줄지어 꽂혀 있다. 스피커에서는 즐겨 듣는 노래가 나온다. 행거에 걸린 옷은 죄다 내가 좋아하는 색뿐이다. 집 안 모든 가구와 소품은 나의 생활 반경과 습관에 따라 배치되었다.

집은 내가 어떤 사람이라는 걸 보여주고 있었다. 군이 오래오래 그 사람을 보지 않아도, 하나부터 열까지 시시콜콜 이야기하지 않아도 공간이 알려준다. 그 공간을 누리는 사람이 밥은 잘 먹고 다니는지, 어떤 브랜드를 좋아하는지, 옷은 어떻게 입고 다니는지, 취미는 무엇인지, 스트레스는 어떻게 푸는지….

독립한 지 3년째. 나는 많이 자란 것 같다. 단순히 시간이 흘렀기 때문은 아니다. 심리적으로도 많이 안정되었고, 이제는 내 색도 조금씩 찾아가는 듯하다. 혼자 살기 전에, 그러니까 집에 의미를 부여하기 전에는 상상하기 힘들던 일이다. 그저 나의 물건들이 놓여 있는, 내가 먹고 자는 공간에서 벗어나려고 했다. 소중한 의미를 부여하고 좋아하는 마음으로 바라보며 정돈하다 보면 어느새 집이 아닌 나 자신을 바라보게 된다. 온전히 나에게만 집중할 수 있고, 내가 가장 나답게 행동할 수 있는 유일한 나의 집. 나는 정말 잘 살고 있다.

언젠가
내가
살 집

나는 나중에 어떤 집에서 살고 있을까. 심심찮게 하는 상상. 내 명의로 된 진짜 내 집이 생긴다면 지금보다 할 수 있는 게 훨씬 많아질테니 상상만으로도 행복하다. 누리끼리한 바닥 타일은 영원히 안녕. 여유가 된다면 꼭 타일을 집 바닥 전체에 깔아야지. 이왕이면 크림색 포세린 타일로. 경제적 여유가 없다면 타일을 직접 사서라도 꼭 시공해보고 싶다. 재작년에 패션쇼 런웨이를 준비할 때 을지로를 돌아다니며 타일을 알아보고 쇼 장에 타일을 까는 모습을 지켜보며 그쪽에 굉장한 흥미를 느꼈으니, 힘들더라도 즐겁게 작업할 수 있을 것 같다.

현관문도 한참 동안 씨름하며 시트지를 붙일 게 아니라 편하게 페인트를 칠하고, 콘센트와 스위치도 모조리 세련된 디자인으로 바꾸고 싶다.

넓은 주방을 가지게 된다면 꼭 아일랜드 조리대를 두는 것이 나의 로망. 수도꼭지도 꼼꼼히 골라서 백조의 목처럼 우아한 곡선이 도드라지는 제품을 설치할 거다. 상부장은 떼어버리고 기다란 나무 선반을 달아야지. 목재는 멀바우로. 흰 벽에 짙은 나무 색 선반이라니. 상상할 수록 행복하다.

베란다가 있는 집이라면 바닥에 카펫을 깔고 작은 테이블과 의자를 놓을 생각이다. 가끔씩 거기서 차를 마셔야지. 집 안에 정말 필요한 가구만 놓고, 한구석에는 커다란 화분도 하나 두고 싶다. 군더더기 없이 깨끗하고 딱 떨어지는 거실에 생기를 불어넣어줄 초록 잎.

그런 집에 살면 모든 집안일이 즐겁지 않을까? 혼자 살기 시작하면서 웬만한 셀프 인테리어는 모두 도전해보았다. 진짜 내 집이 생긴다면 며칠 밤을 세워서라도 구석구석 내 손길이 가도록 꾸미고 싶다. 상상 속 나의 집은 크고 번쩍번쩍하지만, 사실 그게 현실이 되도록 구체적인 노력을 하고 있진 않다. 그럼에도 불구하고 나는 왠지 모를 확신이 든다. 머지않아 그 꿈은 현실이 될 것이라는 믿음. 이제껏 그래 왔듯 앞으로도 나는 잘 살아낼 것이 분명하기에.

KI신서 8186

스물 셋, 지금부터 혼자 삽니다

1판 1쇄 발행 2019년 6월 5일
1판 2쇄 발행 2019년 7월 5일

글·사진 숫뚜
펴낸이 김영곤 박선영   펴낸곳 (주)북이십일 21세기북스
출판사업본부장 정지은
실용출판팀장 김수연   실용출판팀 이보람 이지연
디자인 elephantswimming
마케팅2팀 배상현 김윤희 이현진
출판영업팀 한충희 김수현 최명열 윤승환
홍보기획팀 이혜연 최수아 박혜림 문소라 전효은 김선아 양다솔
제작팀 이영민 권경민

출판등록 2000년 5월 6일 제406-2003-061호
주소 (10881) 경기도 파주시 회동길 201 (문발동)
대표전화 031-955-2100 팩스 031-955-2151 이메일 book21@book21.co.kr

(주)북이십일 경계를 허무는 콘텐츠 리더

21세기북스 채널에서 도서 정보와 다양한 영상자료, 이벤트를 만나세요!
장강명, 요조가 진행하는 팟캐스트 말랑한 책 수다 <책, 이게 뭐라고>
페이스북 facebook.com/jiinpill21   **포스트** post.naver.com/21c_editors
인스타그램 instagram.com/jiinpill21   **홈페이지** www.book21.com
유튜브 www.youtube.com/book21pub
서울대 가지 않아도 들을 수 있는 명강의! <서가명강>
네이버 오디오클립, 팟빵, 팟캐스트에서 '서가명강'을 검색해보세요!

© 숫뚜, 2019

ISBN 978-89-509-8143-3 03810